国家十二五规划重点图书项目
国家出版基金资助项目
深圳市宣传文化基金资助项目

《乌莎巴罗》编辑委员会

主任

王京生　刀林荫

委员（按姓氏笔画）

刀世勋　尹昌龙　毛世屏　李建阳　何春华　杨兴凯
宋朝晖　岩　亮　祜巴龙庄勐　胡　兵

总策划

尹昌龙

出版策划 项目负责人

毛世屏

傣族英雄史诗

ပုသာပရော့

乌莎巴罗

第一卷

主编◎西双版纳傣族自治州少数民族研究所
主持翻译◎岩 香
整理◎罗俊新
主审◎刀世勋 祜巴龙庄勐
本卷绘画◎玉 管

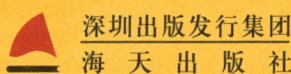

总目录

内容简介 …………………………………………………… 1
主要人物家族世系表 ……………………………………… 7

第一卷

序　歌	…………………………………………	0001
第 一 章	统领一百零一国　捧麻典势力强大 ………	0007
第 二 章	神仙预兆王后梦　天神下凡做王子 ………	0047
第 三 章	神仙预兆王后梦　仙女下凡做公主 ………	0071
第 四 章	积德行善得好报　勐邦果发达兴旺 ………	0081
第 五 章	苏塔尼梦兆得子　帕亨达人丁兴旺 ………	0099
第 六 章	天上人间大聚会　堂兄堂妹结良缘 ………	0115
第 七 章	受封王子喜上任　大兴土木建王宫 ………	0151
第 八 章	前世姻缘来作孽　畸形婚恋不光彩 ………	0167
第 九 章	恃强凌弱无道理　胡作非为为哪般 ………	0179
第 十 章	抢城霸地游四方　欺男霸女乐逍遥 ………	0193
第十一章	周游列国娶娇妻　王后美梦得子女 ………	0225
第十二章	帕雅因派仙下凡　帕巴罗降生人间 ………	0239
第十三章	五岛国自相攻击　勐邦果扩大联邦 ………	0267

第二卷

第十四章	岁月无情终归老	出家修行求清静	0291
第十五章	王后意外遭劫难	英雄救美驱妖魔	0311
第十六章	不远千里送孕妇	盛情款待英雄汉	0331
第十七章	帕农倾情话无常	巴罗出家当腊西	0345
第十八章	逃荒栖身深山里	美女猴子结夫妻	0361
第十九章	妖怪养个好儿子	英雄美女结成双	0383
第二十章	夜叉混战为美女	天王动怒惩元凶	0403
第二十一章	牛王肆虐逞凶狂	格西姑娘斗凶顽	0417
第二十二章	帕板巧遇贺腊满	除妖安民拓国邦	0443
第二十三章	制服海盗除民害	猴儿侦探韦扎团	0459
第二十四章	韦扎团倾巢而出	勐迦湿倾力备战	0481
第二十五章	韦扎团进攻王城	勐迦湿火烧敌军	0493
第二十六章	夫妻婚姻天注定	前世今生皆有缘	0513
第二十七章	天庭举行大盛典	歌舞升平乐开怀	0529
第二十八章	众神聚会忉利天	异彩纷呈展奇观	0545
第二十九章	贪婪淫欲埋祸根	天后蒙羞搞报复	0561

第三卷

第三十章	伯侄深山修佛道	巧遇仙女结良缘	……	0579
第三十一章	巴罗二进雪山林	又得树仙做娇妻	……	0609
第三十二章	帕巴罗艳遇不断	再娶仙女为娇妻	……	0623
第三十三章	慈悲为怀帕腊西	化解干戈为玉帛	……	0637
第三十四章	巴罗艳遇金孔雀	迎娶美丽大公主	……	0655
第三十五章	自古美女爱英雄	神仙美女大团聚	……	0677
第三十六章	自古姻缘天注定	神仙帮忙解难题	……	0687
第三十七章	帕巴罗迎接亲人	两亲家欢聚一堂	……	0705
第三十八章	众王尊聚集仙府	帕昆代喜得仙妻	……	0725
第三十九章	巴罗离开雪山林	灌顶加冕当国王	……	0747
第 四 十 章	巴罗去到勐庄昊	昆代迎娶金纳丽	……	0775
第四十一章	金纳丽灌顶加冕	喜庆大典起风云	……	0795
第四十二章	韦术塔出家修行	雪山林巧遇乌莎	……	0831

第四卷

第四十三章	神王暗示生幻觉	帕板收养干女儿	……	0853
第四十四章	乌莎美名天下扬	王子提亲试神弓	……	0881
第四十五章	天神牵线变金鹿	巴罗逐鹿遇乌莎	……	0897

第四十六章	帕板王棒打鸳鸯	巴罗乌莎遇麻烦……	0917
第四十七章	返乡途中遇树仙	真情感动恻隐心……	0931
第四十八章	婻乌莎坠入情网	帕板王恼羞成怒……	0951
第四十九章	帕板王一意孤行	巴罗迎战帕板王……	0977
第 五 十 章	帕板披挂上战场	巴岁不愧好儿郎……	1007
第五十一章	强攻不成设圈套	乌莎巴罗坐铁牢……	1033
第五十二章	行善作恶皆有报	腊西奔走救女儿……	1067
第五十三章	老王爷营救孙子	帕板王调兵遣将……	1103

第五卷

第五十四章	帕亨达挥师讨伐	勐邦果首战告捷……	1149
第五十五章	帕农板弃暗投明	帕板王众叛亲离……	1179
第五十六章	帕巴罗战胜敌顽	帕板王哭祭亡灵……	1235
第五十七章	迦湿城四面楚歌	帕板王垂死挣扎……	1273
第五十八章	帕农板泄露天机	十头王命赴黄泉……	1301
第五十九章	农板王子当国王	举行葬礼尽孝心……	1331
第 六 十 章	帕巴罗迎娶乌莎	帕亨达凯旋回国……	1377

第六卷

第六十一章　众仙妻和睦相处　帕农板求爱公主……1403

第六十二章　美公主接受求爱　帕农板喜得娇妻……1427

第六十三章　行善积德救穷人　感动天神送仙子……1457

第六十四章　韦罗哈抢夺乌莎　帕亨达发兵讨伐……1479

第六十五章　战妖魔同仇敌忾　韦罗哈战死沙场……1515

第六十六章　盟军凯旋回故国　布施行善得好报……1557

第六十七章　表兄表妹结良缘　王族血统代代传……1581

第六十八章　求婚不成动干戈　王爷计退侵略者……1591

第六十九章　王爷仙逝名永存　举国哀悼祭英灵……1611

第七十章　帕亨达家族兴旺　勐邦果王位世袭……1625

尾　声……………………………………………………1635

后　记……………………………………………………1645

傣族被称为"诗歌的民族"。在傣族的文学史上，叙事长诗在千百年前就十分发达，据傣族古代著名诗人帕拉纳在公元1615年撰写的理论著作《论傣族诗歌的种类》一书记载，在当时傣族叙事长诗就有五百部之多，其中"叙事诗内容较长、故事较多的有五部：《乌莎巴罗》为首，接下来是《粘巴戏顿》，第三是《兰嘎西贺》，第四是《粘响》，第五是《巴塔麻嘎捧尚罗》"。所以，《乌莎巴罗》也被称为傣族第一诗王。

《乌莎巴罗》约成书于傣历354年（即公元992年，北宋年间）。故事讲述的是在古代傣族社会由部落到部落联盟这样一个历史时期，勐①迦湿和勐邦果两个古老王国之间发生的爱情和战争故事。故事从佛祖悟道讲起，述说佛祖如何战胜魔王修炼成佛，由此引出了勐迦湿国的故事。勐迦湿国国王捧麻典，强国兴邦，在一百零一个盟国中树立了绝对威望。后来捧麻典厌倦了帝王生活，把权力移交给了二儿子帕板捧麻典，然后带着王后出家当帕②腊西③，过上与世隔绝的生活。

帕板捧麻典勇猛强悍，号称十头魔王。据说当他被敌人砍去头和手脚后，不但不会死亡，身体被砍去部分还会变出十个头和

---

①勐：傣语，意指平坝地区、部落或行政区划单位。②帕：傣语，冠在男性名字前面，表示尊称。③腊西：出家到深山老林里的修行者，为南传佛教特有的一种出家方式。

手脚。他接替王位后，野心膨胀，四处游历，耀武扬威，妄图征服天下。勐迦湿的领地不断扩张，帕板捧麻典还掠夺了大量财富。同时，他也做了不少好事：解救了邻国落难王后；征服了为非作歹的宝角牛和海盗。他得到民众的拥护和爱戴。但他恶性膨胀，竟丧心病狂地潜入天庭王宫，对天神之王帕雅因①的王后嫡②苏扎娜进行骗奸，触犯了天规，为最终的灭亡种下了祸根。

另一个古老的文明大国叫勐邦果，国势强大可与勐迦湿相抗衡。勐邦果国王名叫帕亨达，后传位给二儿子丙比桑，丙比桑又传位给儿子巴罗。勐邦果是文明古国的代表，崇尚仁义德行，是实践佛教教义的典范。在巴罗的治理下，盟国间和睦相处，社会稳定繁荣，人民安居乐业。

天神之王帕雅因对人世间明察秋毫，为确保人世间安定和谐，安排天神下凡转世，投胎到勐邦果王国的王后腹中，成为丙比桑国王的大王子巴罗、二王子昆代和公主嫡西丽芭都玛，为日后惩治帕板捧麻典埋下伏笔。

巴罗实际上是如来佛的前世，被称为菩提萨尊者。他自小跟随伯父帕农到雪山林出家修行，通晓佛教经典，武艺超群，功成名就。他先后迎娶了三位森林仙女和一位孔雀公主为妻子，完成了他的第一段前世姻缘。后还俗回勐邦果继承王位。

勐迦湿国最大富翁韦术塔出家当帕腊西。他在雪山林修行时巧遇前世女儿乌莎，父女俩在深山老林里共同生活。后来乌莎长

---

①帕雅因：佛教用语，忉利天天神之王。②嫡：傣语，冠在女性名字前面，表示尊称。

大成人，韦术塔将女儿送给帕板捧麻典做养女，并定下女儿招夫条件：任何男子要成为乌莎的夫君，必须能将乌莎随身的一张神弓拉开。

在金鹿引导下，巴罗与乌莎一见钟情，坠入情网。巴罗不仅能拉动神弓而且武艺超群，帕板捧麻典因而对巴罗产生戒心，担心他将来威胁到自己的霸主地位。他不惜公然违背招婿条件的承诺，出尔反尔，粗暴干涉巴罗与乌莎的婚事，并企图杀死巴罗。孰料谋杀行动屡遭挫败，帕板为此恼羞成怒，就改用欺骗手段将巴罗与乌莎囚禁在铁牢中。勐邦果派出大臣向帕板捧麻典送礼求情，请他原谅并释放巴罗，竟被帕板捧麻典断然拒绝，终于引发了勐邦果与勐迦湿两大王国之间的战争。

巴罗与乌莎在帕板捧麻典儿子农板的帮助下，逃出铁牢。巴罗率领勐邦果盟军大战勐迦湿盟军，两大王国之间的战争惊天动地，勐迦湿盟军节节败退。战争后期，勐迦湿败局已定。帕板捧麻典众叛亲离，仍一意孤行，宁死不屈。他亲自披挂上阵，要决一死战。巴罗在农板的帮助下，掌握了十头魔王不死的秘密，最终击毙帕板捧麻典，结束了战争。

战争结束后，勐邦果扶持农板继任勐迦湿王位，又答应农板的求婚，将巴罗妹妹婻西丽芭都玛公主许配给农板做王后。故事的结局是正义战胜邪恶，两大王国联姻建立了友好邦交。从此，傣族社会安定和谐，繁荣昌盛；百姓安居乐业，生活幸福。

《乌莎巴罗》以南传上座部佛教的因果报应思想贯穿始终，

将其作为评判是非的标准,并以此构筑情节,塑造人物,把故事层层引向深入。在高潮迭起、峰回路转的故事情节中,反映了傣族古代社会特定历史时期的社会基本矛盾和发展趋势,演绎了波澜壮阔的历史传奇,展示了古代傣族社会的广阔生活画面,描绘了傣族人民的风情习俗,塑造和讴歌了傣族人民的英雄人物形象,抒发了傣族民众对宗教的信仰和对美好理想的追求,堪称是傣族文学史上最具代表性的一部伟大英雄史诗。

主要人物家族世系表

勐迦湿王国·国王捧麻典板塔阿提哇答伽家族世系表

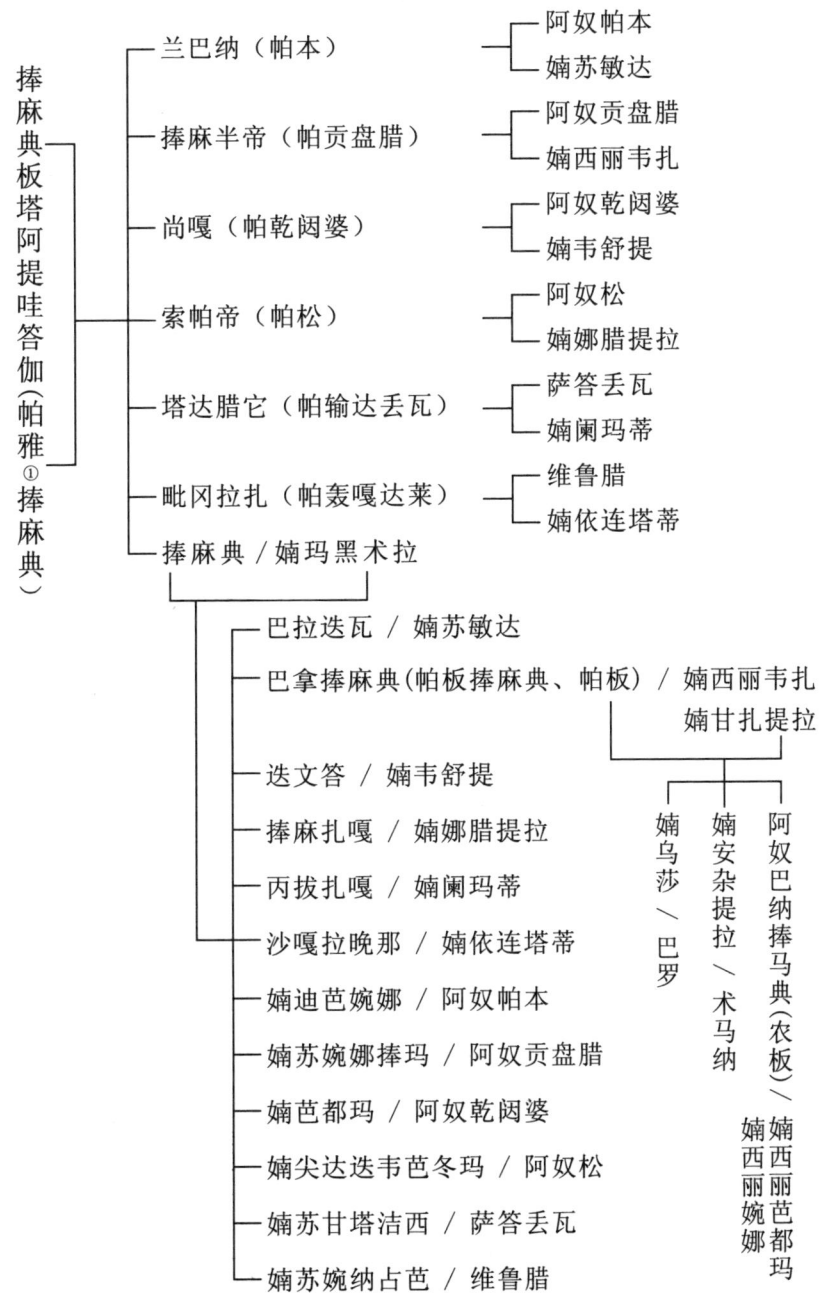

① 帕雅：傣语，古时对官员的称谓，大到国王、小到村官都可以称呼帕雅。

勐邦果王国·国王曼塔杜掌伽瓦帝家族世系表

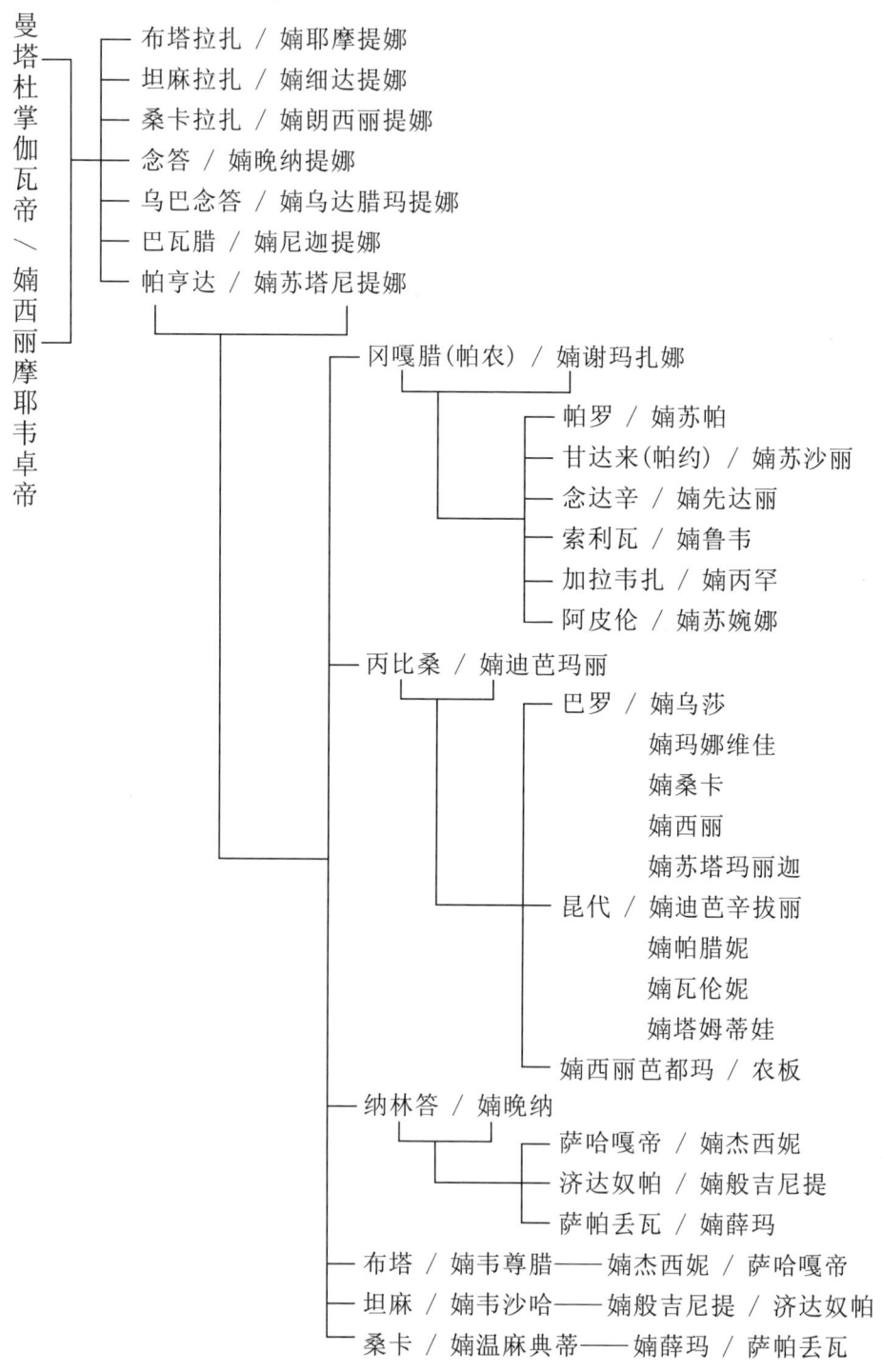

美丽的傣家寨子——序歌

菩提树下的佛祖——第一章

威武的捧麻典国王 —— 第一章

婻玛黑术拉在梦中手接天上落下的鲜花
——第三章

吟唱《乌莎巴罗》的赞哈——第五章

夫妻拜佛祖 —— 第八章

帕板捧麻典抢城霸地游四方——第十章

捧麻典为儿媳婻甘扎提拉加冕——第十一章

嫡迪芭玛丽梦见神仙把鲜花撒遍了勐邦果

——第十二章

婻拉扎提娜给鸡毛信吹上仙气 —— 第十三章

序歌

傣族英雄史诗
乌莎巴罗

听吧，各位父老乡亲，
看吧，山泉水样明亮的眼睛，
我手捧着一部金黄色巨著①，
我要吟唱一部动人的贝叶经②。

它是一个美丽而古老的传说，
就像湄南荒河③有多长说不清，
它是一个稀奇古怪的故事，
就像夜空中闪烁着的星星。

传说就像早晨的彩霞，
给你带来美好的憧憬，
故事像六月天电闪雷鸣④，
令你为之愤怒震惊。

我要讲述这个曲折的故事，
让傣家人把善良和丑恶分清，
我要放声高唱这动听的歌，
驱散罩在人们头顶上的乌云。

序歌

---

①金黄色巨著：这里指贝叶经（详见注②）。年代久远的贝叶经颜色发黄，故称金黄色巨著。②贝叶经：傣语叫"坦兰"，狭义单指贝叶刻本佛经，广义包括绵纸经书。贝叶经记载大量的佛经、民间故事、神话和传说等。贝叶是产于热带、亚热带地区的贝多树的叶子，贝多树属棕榈种。贝叶是古代傣族书写文字的载体。③湄南荒河：今澜沧江。④六月天电闪雷鸣：西双版纳分雨季和旱季，傣历六月即阳历的春天，属旱季，滴雨不下。春天的雷声为干打雷，即只打雷不下雨，属不正常现象。

这个故事流传久远,
好比一座古老的原始森林,
这个故事内容丰富气势宏大,
男女老少个个都爱听。

相传很久很久以前,
国与国的界线分明,
如同甘蔗地和水稻田,
有各自生长的土壤和环境。

那时傣族地方有一百零一个国家①,
每一个国家都拥有自己的臣民,
每一个国家有一片肥美的平坝,
每一个国家有各自的地域森林。

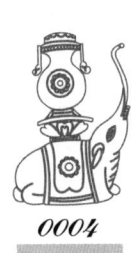

各国如同长流不断的清泉,
各国的群山高耸入云,
一百零一条清泉汇入湄南荒河,
高耸的大山把各勐平坝围紧。

在这一百零一个国家中,
有的强大如孔雀站立鸡群,
有的弱小似山间泉水细流,
它们相互依存相伴为邻。

强大的国家有辽阔疆域,
肥沃的土地一望无垠,
那里物产丰富瓜果飘香,
庄稼一年三熟没有贫民。

弱小的国家疆域狭窄,
如同小雀栖身大雁群,
它们不敢同大国争强斗胜,
只能像野藤绕树一样向大国靠紧。

---

① 一百零一个国家:这里说的国家实际上是指勐,即部落或行政区划单位。

傣家人居住在湄南荒河两岸，
河岸上牛肥马壮绿草如茵，
河岸上竹楼像一群展翅孔雀，
河岸上的傣家人相爱相亲。

傣家人对客人如同和煦阳光，
傣家人的心肠像金鹿一样善良，
傣家人如同蚂蚁觅食一样勤劳，
傣家人像菩提树一样受人敬仰。

湄南荒河两岸森林连成片，
湄南荒河两岸宝藏取之不尽，
湄南荒河两岸风光秀丽，
湄南荒河两岸气候温润。

洪海①在田地里辛勤劳碌，
乃怀②在寨子里穿行，
督弄③教帕囡④读书识字，
召勐⑤在宫廷里发号施令。

各国立下许多规矩，
把人群划分为官家和百姓，
官民界线分明世代相传，
召勐洪海前世注定。

丰衣足食国泰民安，
歌舞升平笑脸相迎，
康朗⑥争相著书立说，
把生动故事写成贝叶经。

口述故事绘声绘色，
代代相传永无止境，

---

①洪海：傣语，农奴，泛指平民百姓。②乃怀：傣语，生意人。③督弄：傣语，大佛爷（方丈）。④帕囡：傣语，小和尚。⑤召勐：召是傣语中对国王、王子或地位尊贵的男性的尊称；召勐可理解为土司头人或头领，通常指国王。⑥康朗：傣语，文化人，傣族知识分子。康朗是"都"（比丘一级的僧人）还俗以后的称呼。

寺庙里的壁画也有故事,
颂扬国家强盛和帕召①英明。

傣家文化灿烂辉煌,
贝叶经书有千万部数不清,
有故事和长诗还有古歌谣,
每部作品都是智慧的结晶。

在千百部叙事长诗中,
《乌莎巴罗》的故事人们最爱听,
它是傣家人的骄傲,
它倾诉了人世间的所有感情。

《乌莎巴罗》是一部诗王,
它的故事最耐人追寻,
有无数传奇的故事和人物,
神话和传说激动人心。

《乌莎巴罗》故事精彩,
千秋万代流传至今,
故事一代一代传唱,
经久不息深入人心。

哥没有欺骗妹妹,
按照佛经的故事来歌唱,
这就是故事的序歌,
我已经全部唱完。

听吧,温暖的春风从身边拂过,
看吧,花蕾已睁开惺忪的眼睛,
星星和月亮也停下脚步,
槟榔树正伸脖翘首静听。

我要放开响亮的喉咙,
我要倾注满腔的热情,
把《乌莎巴罗》之歌吟唱,
唱出傣家人的美好憧憬。

---

①帕召:傣语,意为佛陀、佛祖。

第一章
统领一百零一国
捧麻典势力强大

听吧，各位父老乡亲，
发髻飘香的侬英①，
我现在要唱的歌啊，
像晴天霹雳震惊天庭。

也震惊撼动深厚大地，
地下的水为之喷涌沸腾，
汇成一片汪洋无边无际，
天庭神仙听后也激动不平静。

我要唱的歌啊，
如同巡天雷霆，
震落十万种鲜花，
连金孔雀也震惊。

我要唱的歌啊，
叙述远古的故事，
一代代传唱下来，
从远古流传至今。

如果要追溯故事发生的年代，
得先讲述一下一切智②佛祖，
他是一位受世人敬仰的圣人，
他功德无量一生过得清苦。

---

①侬英：傣语，意为妹妹。②一切智：佛教用语，指了知内外一切法相之智。

相传在广袤的大地上,
长出一棵圣洁的神树,
就在这棵神树下面,
一个圣人脱胎而出。

神树保佑黎民百姓,
它的名字叫菩提树,
圣人关心百姓冷暖,
他就是一切智佛祖。

佛祖经常坐在神树下,
把洪福赐给千家万户,
人们纷纷崇拜佛祖,
他的神灵越过千山万水。

佛祖的寿命很长很长,
十万年后才圆寂离开凡俗,
做善事的人终有好报,
他的灵魂升上天堂享仙福。

佛祖悟道成佛后著书立说,
写下了八万四千卷经书,
他的经书后人广为流传,
教育人们弃恶从善甘愿吃苦。

故事就从佛祖悟道时开始,
那时人的寿命也像菩提树,
年轻长寿不容易衰老,
不像现在人那样生命短促。

这个故事还得从头说起,
讲佛祖悟道前那段经历,
那时有位英俊的小伙子,
他就是一切智者的后裔。

他从天上下凡投胎人间,
在菩提树下觉悟成佛,
给世人传播美景希望,
成为人世间救苦救难的榜样。

现在我要从头开始讲,
细细把这个故事叙述,
放声高唱这首动听的歌,
把曲折的故事理顺清楚。

现在我接着往下唱,
古老的故事才开场,
先讲述佛祖的身世,
讲述他修行前的状况。

当佛祖下凡投生世间,
就立下壮志拯救人寰,
他在一条大河边坐禅,
立下觉悟成佛的志向。

佛祖苦苦修行了六年,
才觉悟成佛到达理想彼岸,
六年间他过着苦行僧生活,
不是常人想象那么简单。

他的父亲叫做净饭王,
未成佛时就不愁吃穿,
父亲为他修建寺院,
是他坐禅修行的地方。

寺院宏伟高大,
院内金碧辉煌,
父亲为寺院取名,
叫释迦①尼赫塔②。

从此他移居寺院坐禅,
佛祖带领众阿罗汉,
寺院生活虽然清苦,
但他坚持专心致志讲经书。

他心中挂念着父王,
立志不辜负父亲期望,

---

①释迦:佛祖的姓氏。②尼赫塔:巴利语,榕树。

他还挂念释迦家族,
亲情在他心中永不忘。

其实他挂念的不止亲情,
更牵挂普天下民众平安,
要拯救普罗大众脱离苦海,
这是他讲经说法的使命。

就在这座清静的寺院里,
众阿罗汉跟随在他身旁,
众阿罗汉崇拜佛祖世尊,
认为他的品德至高无上。

大家众口皆碑,
都说世尊本领高强,
还说世尊神通广大,
法力无边功德无量。

这位世尊真的很神奇,
从古至今举世无双,
他让人感到万分敬畏,
他身上散发出无上荣光。

比丘①们尊敬崇拜佛祖,
佛祖对比丘们身教言传,
他的功德感染了众比丘,
大家异口同声把他颂扬:

"且说这人世间众生,
不知前世做多少功德,
今生才能得到福禄,
做大君主当大国王。

"才会有神通和法力,
才能永不失败洪福广,
通晓一切智慧的佛祖啊,

---

①比丘:佛教用语,指已受具足戒的男性出家修行者,俗称和尚。

功成名就稳坐在宝座上。

"得以圆满布施波罗蜜①,
他的意志和毅力超强,
常人可是无法想象,
开辟了佛祖施教新篇章。

"他心灵圆满的时间,
足有七阿松开②那么长,
他不断念经直至圆满,
时间有九阿松开那么长。

"他身体力行方面的圆满,
时间足有四阿松开那么长,
他因此成为真正的觉悟者,
成为通晓一切的智慧尊长。

"他成就了丰功伟业,
成为万众敬仰的佛祖,
成为万众崇拜的世尊,
他的智慧超越常人的容量。

"他的法力胜过大千世界③,
没有任何力量能与之抗衡,
更没有任何人能胜得过他,
他在人们心目中至高无上!"

很久以前发生一件神奇故事,
不可思议而且很荒诞,
虽然已过去很多年代,
但世代流传永世难忘。

当我们的佛祖世尊,
还在菩提树下坐禅,

---

①波罗蜜:佛教用语,到彼岸之意。②阿松开:古印度数量词,泛指数量众多。③大千世界:佛经说世界有小千、中千、大千之别,合四大洲日月诸天为一世界。一千世界名小千世界,小千加千倍名中千世界,中千加千倍名大千世界。

也是他觉悟成佛前夕,
遇到了意外的捣乱。

有个贪婪成性的大魔王,
对他施行不可告人伎俩,
他妄想抢夺佛祖的宝座,
发动攻击要他放弃理想。

那魔王先用美女后用武力,
佛祖对美女不动心没上当,
魔王又射出利箭投掷石块,
但是对佛祖使用武力也枉然。

当利箭射到佛祖跟前时候,
都变成鲜花香烛和爆米花,
丝毫没有影响佛祖的安全,
反倒成为供奉佛祖的食粮。

他们不得不佩服佛祖的功德,
甘愿服输成为手下败将,
如今佛陀已经觉悟成佛,
成为佛祖世尊万人敬仰。

阿罗汉们正在那里谈论此事,
佛祖正好离开宝座来到大堂,
这时通晓一切智慧的世尊啊,
正好听到了阿罗汉们的言谈。

佛祖只是面带笑容没有开腔,
阿罗汉们见世尊来到很紧张,
谈论戛然而止鸦雀无声,
静候佛祖发话聆听佛祖的训言。

佛祖见状顿生诧异,
心想个中可能有事隐瞒,
他微笑着开口问阿罗汉,
佛祖语气非常亲切和缓:

"刚才我看你们很热闹,
为何我一来就噤若寒蝉?
你们究竟在谈论什么难事,
何不说出来让我一起分担?"

弟子们忙跪拜在地,
但谁也不愿先开腔,
时间又过了一会,
终于有人开口先讲:

"神圣的一切智世尊啊,
奴仆们议论的是从前一件事,
对当初发生的故事感到很好奇,
就是世尊在菩提树下遇到魔王。

"当年魔王攻打您,
导致众多人员伤亡,
世尊却毫发无损,
这件事情究竟为哪样?"

佛祖听后面带笑容,
阿罗汉的好奇心能体谅,
虽说此事距今年代久远,
佛祖还是爽快地开口讲:

"这件事情已经过去很多世代,
不是今生今世才发生的事件,
已经过去的事就别再提,
那时确实比今世更加混乱。"

无奈弟子们都想知道往事,
想知道当时魔王如何捣乱,
佛祖又如何消除灾害横祸,
于是他们斗胆请求佛祖细讲:

"弟子们跪拜世尊有礼了,
请求世尊慈悲为怀释疑惑,
给奴仆们把前世的故事讲一讲,
能增长见识也是好事一桩。

"这个经历对弟子有教诲,
当您投胎人世间时怎么样,
亲身经历了哪些危险和神奇,
里面蕴含哪些深奥的道理?"

佛祖见到一双双迫切的眼睛,
眼神里既好奇也有求知欲望,
觉得再不讲不近人情,
就讲述了前世的情缘。

佛祖讲述很久以前的往事,
那是佛祖投生出世后的时光,
当时他还是个普通的凡人,
还没做威震天下的巴罗大王。

他看到普罗大众在受苦受难,
就决心在人世间首创宗教,
教导众生脱离苦海,
这就是佛祖当初的向往。

那时他还只是独身一人,
人们称之为最胜白莲佛①,
那时人的寿命都很长很长,
通常活到十万岁才算老人。

但不管寿命多长都会死去,
佛祖为此事而困惑犯难,
他想要是人不会死该多好,
就不用在生与死之间彷徨。

他以自己的聪明和智慧,
独自无休止地苦思冥想,
要拯救苦海中挣扎的众生,
助众生脱离苦海达到涅槃。

---

①最胜白莲佛:二十八代佛中之第十三代佛。生在勐康沙瓦底,父亲帕雅阿念达,母亲苏扎答,继承王位做帕雅一万年;从宫殿出家修行七天,以三摩地入定的姿势,趺坐在芒果树下的宝座上觉悟成佛,十八岁涅槃。

他于是每天坐禅念经,
不间断坚持了十万年,
佛祖世尊才离开人间,
佛祖寿终后进入涅槃。

佛祖继续讲过去的事情,
回首当时最精彩的片段,
佛祖从那棵菩提树讲起,
如同讲别人的故事一样。

当年在那棵菩提树下,
坐着一位年轻英俊的修行者,
被路过的婆罗门①哆纳②看见,
婆罗门就割了一捆茅草敬献。

修行者接受了婆罗门奉献,
菩提树下顿时发生了奇迹,
绿茅草瞬间变成了绿宝石,
绿宝石晶莹剔透令人惊异。

绿宝石闪烁着美丽的光芒,
在修行者四周把天地照亮,
不料就在奇迹发生的时候,
美好境况突然发生了逆转。

来了个贪婪狡诈的魔王,
对那些绿宝石好生诧异,
魔王胸中燃起妒火,
心中恶念随即生起。

眼看修行者将修得正果,
想不到节外生枝提防不及,
魔王回去后很不服气,
用心策划阴谋诡计。

---

①婆罗门:古印度社会中的祭司,为印度四种姓之一,地位崇高。
②哆纳:人名。

他让三个女儿去诱惑修行者,
让修行者半途而废前功尽弃,
魔王的女儿与父亲一样无耻,
言听计从执行父亲旨意。

三个女儿接受父命,
心中好生欢喜,
她们精心打扮,
变成娇艳美女。

三个女儿精心打扮,
兴高采烈来见魔王,
洗耳恭听父亲吩咐,
仔细领悟父亲诡计。

"我的三位心肝宝贝啊,
你们要去办的事情非同儿戏,
现在你们听从我的计谋行事,
变成天后嫡苏扎娜的样子。"

女儿对父亲的吩咐心领神会,
随即变换模样充当"仙女",
变样后的三个"仙女"很开心,
翩翩起舞下凡到人间大地。

乔装打扮的"仙女",
体态婀娜令人着迷,
男人见到都会发呆,
心生邪念都想去搂抱。

那洁白的肌肤百看不厌,
触摸一下必定惬意无比,
一定会产生奇妙感觉,
让人神魂颠倒晕死过去。

三个魔女来到人间,
举止轻佻不守规矩,
她们极力卖弄风情,
搔首弄姿风骚无比。

男人遇见都无法摆脱,
失魂落魄痴呆入迷,
哪怕是跟她们搭上话,
也像与她们交欢一样甜蜜。

三个魔女来到菩提树下,
在修行者面前卖弄风骚,
放肆伸手去抚摸修行者,
大姐媥旦哈开口说话:

"英俊的阿哥啊,
您树下坐禅修行什么呀!
一个人坐在那里多孤独,
同我们谈情说爱很舒畅。

"你这样一个人太孤单,
和妹妹们说说话很好玩,
我们是天上下凡的仙女,
同人间的小姑娘不一样。

"我们因思念人间情爱而来,
寻遍人间未遇到如意情郎,
现在我们终于遇到了您,
这是缘分不要错失良机。"

三个魔女轮番上阵,
对修行者甜言蜜语,
有的故意让裙子滑脱,
露出修长白嫩的大腿。

有的还向他靠过去撒娇,
挤眉弄眼露骨挑逗,
竭尽所能进行诱惑,
她们对修行者嗲声嗲气:

"快来吧,
举世无双的僧侣哥哥啊,
我们是天堂来的妹妹,
放弃你的修行同我们拥抱在一起。

"亲亲嘴说说话多好玩,
妹妹还要将身子交给你,
让哥哥得到快乐和满足,
将来你我还要生儿育女。"

魔王的三个女儿,
极力向修行者卖弄风骚,
企图让修行者放弃志向,
忘掉积累功德获得福果。

她们要用女色把他缚住,
让他把理想彻底遗忘,
完成父王恶毒的计谋,
也满足自己寻欢的欲望。

就在这个紧要时刻,
福运齐天的圣者啊,
心不为美少女所动,
旁若无人双目微闭。

他对眼前美女不屑一顾,
依然微闭眼睛独自思考,
然后他嘴唇慢慢启动,
意志坚定地说出道理:

"你们想让我燃起欲火,
可是我对女色不感兴趣,
我看到你们现在的容貌,
不过是披着华丽的外衣。

"别以为你们有多么漂亮,
其实里面是骷髅而已,
你们的体内充满肮脏污秽,
动摇不了我修行的目的。"

三位妖女瞬间黯然失色,
头昏眼花摇摇晃晃,
她们羞得无地自容,
无颜再回去见父王。

此时她们都失去乔装，
肤色也变得黯淡无光，
她们皮皱眼歪肚子大，
全都失去美艳的容貌。

魔王年轻妖艳的公主，
顿时变成了婆娘老妪，
与修行者第一回合较量，
魔王输得一败涂地。

美女计谋惨败，
魔王仍不服气，
他要在众魔面前保持威严，
还想同修行者继续比试。

他急急调来魔兵魔将，
对修行者发动攻击，
他施出绝招魔法，
变出无数沙石雨。

飞沙走石向修行者撒去，
乱飞的沙石铺天盖地，
企图将修行者淹没，
把他埋在菩提树底。

紧接着凌厉声四起，
震得山崩地裂树叶落地，
仿佛天庭也会被震塌，
电闪雷鸣传遍寰宇。

那些魔兵魔将，
纷纷使出浑身力气，
变出吓人的恐怖模样，
气势汹汹向修行者扑去。

有的变成巨蛇伸出长舌，
呼呼乱叫吐出毒气，
有的长出龙一样的红冠，
如蛟龙腾空呼风唤雨。

有的变成巨象飞奔而来,
舞动长长象牙猛冲过去,
后面还跟着成群的士兵,
士兵手持长矛如临大敌。

有的变成飞天骏马,
从空中降落大地,
有的长着弯弓般的鬼脸,
龇牙咧嘴样子奇丑无比。

山石被打得粉碎,
尘土遮天蔽日,
巨石纷纷滚落,
让人无法躲避。

魔王还驾着法宝飞轮,
腾云驾雾风驰电掣,
这是魔王的镇山法宝,
神通广大威力无比。

若是把它扔向天空,
十万年也不会下雨,
若是把它扔进大山,
森林会被烧成赤地。

若把它扔进波涛汹涌的大海,
海水就会变成大火四处燃烧,
海面上的大火越烧越大,
大火会从大海扑向陆地。

它的威力能产生热浪,
水和云雾会四处翻滚,
刹那间白天变成黑夜,
把日月光辉遮蔽。

此时地面上没有光亮,
天昏地暗看不清东西,
飞轮是魔王的法宝,
魔法威力巨大无比。

魔王驾着他的法宝飞轮,
来到菩提树跟前,
他将飞轮扔向修行者,
妄想让修行者人头落地。

当飞轮飞向坐禅的修行者,
修行者镇定自若岿然不动,
飞轮眼看就要击中修行者,
出现了意想不到的情景。

飞轮不仅没有击中修行者,
反而变成鲜花香烛和米花,
修行者对魔王伎俩不屑一顾,
继续念经双目微合。

魔王见此情景勃然大怒,
怒火从他心里向外蔓延,
就像十万只风箱煽火焚烧全身,
把魔王煎熬得有气无力。

贪婪的魔王本性不改,
不愿认输又心生一计,
硬攻不行就改成软攻,
他假惺惺对修行者说:

"高僧你确实非同一般,
你有极其坚强的毅力,
本王确实无法同你较量,
你的意志天下无人可比。

"但是现在我要同你较量智慧,
我们一起来讲讲道理,
我要考你一个问题,
讲讲这宝座的来历。

"这珠光四射的宝座啊,
并非无缘无故自然生成,
是我们很久以前的创造,
是我们家族的祖传宝物。

"宝座从来就属于我们,
现在你却蛮横坐上去,
他人财物占为己有,
这究竟是什么道理?

"物归原主这才是正理,
请你快从宝座上离去,
这是我们家族所有,
坐在上面被人瞧不起。"

魔王说得似乎有理有据,
认定宝座是他们祖传宝器,
魔王说完扫视魔兵魔将,
要魔兵们配合敲敲边鼓。

魔兵们领会魔王的旨意,
要让他们证实宝座的来历,
于是向魔王行跪合十礼,
跪拜在地七嘴八舌讲歪理:

"奴仆们禀报尊贵的大王,
我们可以证明宝座的来历,
确实是俺祖师爷的家传,
被那个高僧无理霸占去。"

梵天神们听到一阵惊呼,
惊呼声顿时传遍天地,
魔兵们以为理直气壮,
继续大声说歪理:

"记得此事的证人成千上万,
所有老臣都知道宝座来历,
自从盘古开天辟地到如今,
这个宝座就放在大王家里。

"所有老臣官①都还记得这件事,

---

①臣官:古代傣族把无王族血统当官的人,称为臣官。

任何人不能从我们手里夺取,
如今高僧你却独自占有,
抢夺别人财物没有道理。

"坐在宝座上也不害羞,
占为己有也不知羞耻,
如果说这是你的宝座,
你的证人究竟在哪里?

"把你的亲属们全叫来,
找证人来说清楚道理,
如果你找不到证人,
就请你从宝座上离去。"

这时佛祖才仰起头,
睁开眼睛注视对方,
他清了一下嗓子,
不慌不忙坚定回击:

"我来到人世间修行多世,
算下来已有四阿松开年,
我立志要做英明的导师,
这个同你们魔界没关系。

"我为此布施了所有的一切,
为的是祈祷成为伟大贤哲,
因而才会得到好的善果,
拥有这举世无双的宝座。

"这个宝座分明属于我自己,
是源于我修行的功德福果,
是我用长久布施修行换来,
积累功德不需要证据。

"经过多少世代的波罗蜜修行,
经过了四阿松开年的讲经说法,
我圆满布施波罗蜜,
这是铁的证据。

"这宝座属于我天经地义,
虔诚的信徒们都可以证明,
如果大王还想进一步验证,
请大王你稍作休息。"

就在这时候,
神圣的一切智世尊,
伸出修长的手指,
轻轻地指向大地。

顿时大地裂开了一条缝,
大地女神便从地下升起,
她站在高僧的宝座跟前,
秀美的黑发散发出香气。

女神身材如画师精心绘成,
婀娜多姿姣美靓丽,
她姗姗而来不紧不慢,
举手投足非常得体。

女神受天王差遣,
前来为高僧解难,
以报高僧滴水之恩,
知恩图报永记心里。

女神向修行者行合十礼,
之后解开盘在头上的发髻,
慢慢垂下她的秀美长发,
变出滔滔洪水川流不息。

汹涌的洪水激荡奔腾,
卷着巨浪势不可当,
洪水把魔兵魔将全部卷走,
菩提树又恢复元气。

高傲的魔王眼见此情此景,
自己的魔兵魔将被洪水卷走,
吓得他脸色发青手脚发抖,
魔王忙跪拜叩头不敢起立。

他双手合十高举头顶，
俯首跪拜可怜兮兮，
他想不到会遭此报应，
说起话来有气无力：

"您、您是佛陀，
您是征服者大丈夫，
我心甘情愿服输，
我对您五体投地！"

这就是比丘们想听的往事，
这段往事已流传千秋万代，
代代传唱，
没人篡改。

佛祖讲到这里停了下来，
徒弟们听后都顶礼膜拜，
觉得世尊确实非常伟大，
战胜了恶魔实在不凡。

佛祖创下的教义，
留在美好的人世间，
他创建的佛教啊，
是传世法宝后人不忘。

它教育人们行善，
让人们布施相传，
让人世间幸福安宁，
让人们死后进入美好天堂。

还有那神奇的佛经，
流传后世千百万年，
代代相传永无止境，
广为传播经久不衰。

现在啊我要转话题，
我要歌唱最初时期，
歌唱与此有关的故事，
细说佛祖投生的经历。

有一位德高望重的君主，
住在勐迦湿名叫捧麻典，
他管辖一百零一勐的盟邦，
他是一百零一勐的盟主。

那时有位美丽公主，
住在高高的山顶上，
她的父亲是一位神仙，
神通广大威力无比。

他把花朵般美丽的女儿，
许配给勐迦湿国王捧麻典，
人们称她为婻玛黑术拉王后，
她感到无比幸福满心欢喜。

她婀娜多姿如画师绘就，
她肤色洁白人亮丽，
她那白里透红的肌肤啊，
如炉中炼出的纯金一般。

她日夜与国王相伴，
如影随形不弃不离，
她在王宫里威望很高，
统领一万六千名宫女。

那位勐迦湿国王捧麻典，
他有七头大象的力气，
他能随意在天空翱翔，
行走时双脚不用着地。

国王擅长挽弓射箭，
百发百中无人可比，
他的那把弓非常沉重，
要上千人才能拉得起。

这把宝弓叫萨哈萨它麻，
是祖传法宝特别神奇，
他每时每刻都带在身上，
连睡觉时也不离不弃。

现在说一说勐迦湿国，
有多达八千四百个大寨子，
另有小寨子八万四千个，
勐迦湿人口众多非常富裕。

勐迦湿土地肥沃气候温和，
稻谷满仓牛羊遍地，
民众丰衣足食生活富裕，
一日三餐无忧无虑。

粮食美酒都有人挑来卖，
做买卖的商贾川流不息，
因为平民百姓生活富足，
商贾做生意赚钱很容易。

赶摆①的人群熙熙攘攘，
商人们都很会做生意，
他们低买高卖赚大钱，
脸上总是笑嘻嘻。

当地的头人积攒了很多钱财，
他们不断把赶摆的集市扩张，
还建起了宏大堂皇的楼房，
楼房上盖着琉璃瓦闪闪发光。

楼房紧连着亭台楼阁，
楼阁上的瓦片如鱼鳞一般，
楼房的庭院种着果木，
把楼房遮挡得若隐若现。

当微风吹过来的时候，
屋顶的琉璃瓦隐约可见，
阁楼的屋檐挂着风铃，
风铃迎风摇摆响个不停。

风铃声音悦耳清脆，
听起来恍若仙境，

---

① 赶摆：赶集。

邻里之间从不吵架，
和睦相处亲密无间。

哥将完整地叙述这个故事，
故事像滔滔的江水，
流过磐石和山川，
流进每个听众的心灵。

再说宽阔的迦湿城，
宏伟壮观繁荣空前，
除了宫殿和众多房屋，
城外无数寨子紧紧相连。

寨子里建了很多竹楼，
每栋竹楼造型很美观，
竹楼像矗立的金孔雀，
在绿荫丛中煞是好看。

其中有四个寨子特别大，
它们都有各自的赶摆场，
四个大寨分布在王城的四周，
如同守护着佛祖的四大金刚。

有一个寨子名叫巴基呐，
坐落在迦湿城的东门外，
寨子里有一位大富翁，
富翁名叫术塔纳。

他的竹楼比别人的高大，
他的财产有一百八十亿，
他是寨子里小富翁的首领，
在那个寨子中他算是老大。

服侍他的美女前呼后拥，
每天还有一千多随从听使唤，
人们毕恭毕敬地服从他，
他也不辜负大家的期望。

富翁为民众主持公道，
　　民众红白事情他都到场，
　　如果有人来欺负寨民，
　　他能挺身而出解决争端。

　　另一个大寨叫达西那管，
　　坐落在迦湿城的南门外，
　　寨子里也有一位大富翁，
　　　富翁名叫苏念达。

他是寨子里小富翁的首领，
他的财产也有一百八十亿，
还有一千个随从听他使唤，
　　全寨子的人都服他管。

第三个大寨名叫巴细那管，
　坐落在迦湿城的西门外，
　寨子里也有一位大富翁，
　　富翁名叫苏梭帕。

他是寨子里小富翁的首领，
　也有一百八十亿的财产，
　还有一千个随从听使唤，
他的号令寨子里没人违抗。

第四个大寨名叫达萨那管，
　坐落在迦湿城的北门外，
　寨子里也有一位大富翁，
　　富翁名叫摩诃些第。

　　他也是小富翁的首领，
　　在那个大寨子当老大，
　　也有一百八十亿的财产，
　　有一千名随从服侍他。

　　赫赫有名的四大富翁，
　　镇守在迦湿城的四方，
　　他们有钱有势有威望，
　　防守迦湿城固若金汤。

他们每年都向国王进贡,
给捧麻典敬献金银珠宝,
敬献的金银数量有规矩,
是黄金一万两和白银十万两。

这些规矩都是约定俗成,
不需要捧麻典下令分摊,
管辖下的富翁们都懂规矩,
彼此心照不宣都不敢违反。

除了四大富翁以外,
大寨子里还有不少中富豪,
中富豪共有八万四千位,
每人都管辖小富人一千名。

这八万四千位中富豪,
每年也得向捧麻典进贡,
敬献的数量都十分可观,
也是十万两白银一万两黄金。

小富人也是同样规矩,
每年也得向捧麻典进贡,
进贡的数量四大寨子都一样,
都是一万两白银和一千两黄金。

还有六万位帕雅,
全都住在迦湿城里,
他们都是王族血亲,
也要向捧麻典进贡。

这是老辈人定下的勐规,
传世习俗谁也不敢违抗,
再加上一百零一个附属国,
附属国进贡的数量更可观。

国王每年收到的财富,
用十天十夜也算不完,
国库里财物堆得满满,
装满了无数大柜小箱。

王家的王亲国戚不少，
王室的血脉代代相传，
如菩提树的枝丫根须，
越传越多围着国王转。

王宫还有很多大臣将军，
全都是国王的左膀右臂，
听从国王的派遣使唤，
守护着王国不受侵犯。

这些大臣将军有六万，
全部配备坐骑大象，
战马只是供小官用，
小官也有一百多万。

他们跟随着国王，
一刻也不敢怠慢，
兵将们武艺精湛，
箭箭中靶不简单。

士兵数量多如星星，
在册就有一百一十八阿呵①，
他们有的守护王城，
有的被派去守边卡。

国王贴身侍卫有十六位，
全都是刀枪不入大勇士，
他们对捧麻典非常忠诚，
国王亲自为他们取名字：

一位名叫马哈巴拉，
一位名叫西利翁，
一位名叫巴拉瓦，
一位名叫乌霸巴拉。

---

① 阿呵：傣语，阿呵塔撒尼简称。数量词，后面带四十二个零的数目，泛指数量众多。

一位名叫些纳伽,
他们都是有名的武将,
他们精通各种战术,
足智多谋英勇善战。

接下来几位也很不错,
一位名叫念迪伢,
他身体健壮头脑机灵,
既勇敢又特别能打仗。

一位名叫甘塔腊,
身材高大如磐石一样,
一位名叫啊哈,
力气很大如猛兽一般。

一位名叫苏帕腊,
精通各种武艺和谋略,
人们称赞他是智多星,
出谋献策是他的专长。

一位名叫苏盼答,
勇猛威武无人敢与较量,
这个勇士对国王很忠诚,
执行命令从来都不怠慢。

一位名叫术塔,
抱负很大心比天高,
一位名叫苏念达腊,
行动快捷如风似电。

一位名叫摩诃纳摩,
力气很大脾气暴躁,
一位名叫坦麻迪纳,
打仗勇敢十分强悍。

一位名叫苏杂瓦那,
像雄鹰一样能在空中飞翔,
一位名叫苏帕拉,
精明强干非常机灵。

他们都是国王得力助手，
他们都是勐迦湿的栋梁，
如果有谁需要他们帮助，
　　他们都会出手帮忙。

他们还身兼将领之职，
每人统领一阿呵士兵，
不论出征还是当护卫，
　　都是国王的得力干将。

还有四位有名大臣，
在这里也要说端详，
四位大臣智慧超群，
精通天文历法和占星术。

一位名叫维图腊，
精明能干办事公道，
判断事情非常精准，
正直公平从不偏袒。

一位名叫般利达，
精通各种经文典故，
　他的记性非常好，
贝叶经文过目不忘。

一位名叫沙兰达，
通晓天文地理能看天象，
每遇大事都叫他来算卦，
他算卦精准从来不走样。

一位名叫苏哇答，
判定是非是他的专长，
一遇是非就叫他解决，
好事和坏事全归他管。

他们都是国家的重臣，
　管理国家分工明细，
各自属下还有四百官吏，
处理国家事务从不偷闲。

捧麻典手下还有其他助手，
这里要说的是八位司祭官，
处理国家事务也举足轻重，
担负国家祭祀和占卜事项。

这八位司祭官是国王的谋士，
精通各种天文历法和占星术，
时刻准备为捧麻典出谋划策，
能推算世态演变和凶吉预兆。

各勐民众都来投靠，
礼品贡品源源不断，
按规矩他只收金银，
其他礼品一概退还。

每个下属勐都懂规矩，
每年进贡百亿不多不少，
这些规矩早已约定俗成，
向国王进贡顺理成章。

一百零一勐头人都清楚，
不用别人提醒心照不宣，
他们都会提前做好准备，
时间一到就带贡品前往。

各勐进贡金银堆积如山，
国王和王室肯定用不完，
接下来我再详细做介绍，
国王对这些金银怎么办。

当钱财贡品入库之后，
国王还要再进行分配，
国王将金银分为四份，
分给相关人员从不混乱。

一份收入国库储备，
以备饥荒或用于打仗，
一份分给王亲国戚，
他们从不种田没有食粮。

王族人数众多，
整个王族有六万家，
他们都需要国家供养，
荣华富贵不同寻常。

一份分给大臣官员做俸禄，
他们都要养家糊口，
还有国师谋士及文书人员，
都要领取俸禄为生活来源。

一份分给大将领和军队，
他们带兵保卫国家边关，
部下士兵也得领取俸禄，
军队数量很多劳苦功高。

王宫卫队守护着国王，
也享受俸禄领取银两，
国王对他们待遇不菲，
他们尽忠尽职不负众望。

美丽的勐迦湿王城，
是国家的首都繁华异常，
王城修筑有护城河，
还有高大的城堡矗立在四方。

城堡是王城的要塞，
地势险要非同一般，
王国花费巨资修建，
非常牢固而且壮观。

华丽的王宫在王城中央，
六万位帕雅住在王宫四周，
还有侍从的家眷及杂役，
这些人住在王族宫殿旁。

宫外第三层建了不少客栈，
供来访宾客休息沐浴纳凉，
这一层还住着富商和大户人家，
他们的竹楼比民众的雅观。

第四层是军队的驻地,
他们肩负着特殊使命,
负责守卫王城的安宁,
随时听从国王的派遣。

王城军队有十八阿呵,
兵将们个个都身强力壮,
将军经常组织训练,
随时准备迎击敌人来犯。

城墙连接四个城堡,
一气呵成连绵不断,
城墙用大石砌成非常牢固,
远远看去气派非凡。

城墙非常厚实高大,
从上到下分为八层,
每层的高度为两庹①,
将近两个人一样高。

加上墙顶最末端,
城门高达二十庹,
人站在地面往上看,
望久了脖子会发酸。

城墙石头缝用糯米浆黏结,
非常结实用火炮也炸不开,
城门上方开有许多炮眼,
里面装着大炮瞄准外边。

四道城门也装备着大炮,
抵御外来入侵显示力量,
在城墙四角的墙头顶端,
各建一座塔楼瞭望远方。

---

①庹:长度单位,一庹就是成年人双臂左右平伸时两手之间的距离,约合五尺。

站在楼里四处瞭望,
远处景物一目了然,
哪怕很细小的东西,
像老鼠跑动也看得见。

在四由旬①宽的王城四面,
开有四道城门为进出通道,
每道城门都有士兵守卫,
还配有专门的门卫官。

王城外面的护城河,
长满了水草和莲花,
莲花下面的水里养着鱼虾,
气味芳香流水潺潺。

勐迦湿国非常强大,
有数以亿计的兵将,
士兵都配备有战马,
将领配备高头战象。

有专门的象兵部队,
管理着千万头战象,
他们对战象精心养护,
还训练大象能够打仗。

象兵们每人手持象钩,
随身带着弓弩和象鞭,
象兵训练战象奔跑卧倒,
学会回避飞箭和长矛。

有专门的骑兵部队,
管理着万万匹战马,
这些战马膘肥体壮,
既能奔跑也很听话。

---

①由旬:古印度计里程单位,一由旬为一日行军的里程,约为十六公里。

骑兵都配有马鞭,
用来训练战马听从使唤,
那些训练有素的战马,
叫它卧倒绝对不敢站立。

还有专门的车兵部队,
管理着百万部车辆,
这些车辆全部是战车,
车兵们都坐在战车上。

车兵整天与战车为伴,
每人手里都握着旗幡,
还带着弓弩护身,
他们训练有素随时准备打仗。

打仗时骑兵和战象冲在前,
后面跟着步兵,
步兵数量庞大,
他们身披盔甲全副武装。

盔甲全是生铜片制造,
不打仗时由步兵保管,
盔甲挡住兵器的打击,
保护身体不受伤害。

打仗时步兵身披盔甲,
手握长刀或长枪,
步兵长着两条飞毛腿,
特别能跑也很能打仗。

勐迦湿军力很强大,
名声在外威震四方,
配有许多精良装备,
哥一下子也说不完。

下面哥的话题要转向,
讲述国王的家族世系,
讲述捧麻典国王的威望,
他在民众眼里高不可攀。

他德高望重一言九鼎，
决定的事没人敢违抗，
他有一头高大的白象，
名叫谐达衮杂腊贡巴。

大象由他的亲戚照料，
这些亲戚细心养护，
人数多达五百人，
他们各有侧重分工明细。

有的专门到山上去割草，
挑选大象最爱吃的草料，
有的人专门替大象洗澡，
洗澡水要到深山里去挑。

选取又清又甜的山泉水，
一担担挑回来倒进澡堂，
山泉水里还要加上香草，
出浴的白象散发着芳香。

有的专门清扫大象粪便，
象房天天要用清水冲洗，
象房日夜有人站岗放哨，
还配有负责的专职官员。

他们还用金银为白象装饰，
给大象戴上金银做的耳环，
象背上放着松软的坐垫，
大象披金戴银高贵无比。

捧麻典骑着白象出巡，
黑象见到会惊恐躲避，
躲避不及的赶紧跪下，
白象身份高贵趾高气扬。

白象的吼声非常响亮，
就像犀鸟的叫声一样，
每当白象吼叫的时候，
黑象们都会心惊胆战。

它们全都下跪打哆嗦,
它们懂规矩知道贵贱,
只要见到白象走过来,
黑象就会远远躲开。

有时黑象正在吃东西,
见到白象走过来,
马上知趣地闪到一边,
或者害怕得逃走躲避。

正是由于这样的原因,
捧麻典对白象更加爱惜,
派了五百位亲戚照料,
把大白象当作心肝宝贝。

捧麻典有过人的本领,
他有七头大象的力量,
还有神奇法宝随身,
他是天下第一强将。

他的神弓很大很重,
要一千人才拉得动,
但他却像提根扁担,
随手拉开非常轻松。

神弓名叫萨哈萨它麻,
是天神赠与,
是防身御敌的宝器,
他随身携带不离不弃。

他还有喷火燃烧的神咒,
喷出的火焰铺天盖地,
烧掉森林庄稼和房屋,
还会把整条河水烧干。

捧麻典的父亲也是个圣人,
名叫捧麻典板塔阿提哇答伽,
父亲继承了勐迦湿王权,
年迈后就把权力下传。

捧麻典国王有六位兄长，
他们都先后继承了王权，
都享受过君王的荣华富贵，
一直延续到捧麻典身上。

他的六位哥哥都是国王，
威震天下个个都是好样，
第一位兄长名叫兰巴纳，
他的寿命比兄弟们都长。

他活到了一百万岁，
死后转世名叫帕本王，
管辖着另一个王国，
在马耳山①的顶峰上。

第二位名叫捧麻半帝，
死后转世名叫帕贡盘腊，
他也管辖着一个王国，
住在善见山的顶峰上。

第三位王兄名叫尚嘎，
死后转世名叫帕乾闼婆，
同样管辖着一个王国，
镇守在持地山的顶上。

第四位兄长名叫索帕帝，
他死后转世名叫帕松，
他也管辖着一个王国，
住在障碍山的山顶上。

第五位兄长名叫塔达腊它，
死后转世名叫帕输达丢瓦，
住在持轴山的山巅，
成为那里的镇山大王。

---

① 马耳山：佛教用语，在须弥山之外有七重金山，马耳山为七金山之一。其他六山为善见山、持地山、障碍山、持轴山、担木山、双持山。

第六位兄长名叫毗冈拉扎，
死后转世名叫帕轰嘎达莱，
他也到一个王国当首领，
镇守在担木山的山顶上。

后来他们繁衍出六万位帕雅，
都是这六位大王的儿孙后代，
他们都是王族的后人，
都和捧麻典一样风光。

他们都有同一王族血统，
王族生生不息王权代代相传，
一百零一国的王宫主人，
都是这六位大王的儿孙。

他们知道自己的前生今世，
和捧麻典一样有王族血缘，
兄弟之间互敬互爱，
从来没有发生不和睦现象。

国与国之间没有任何界线，
连寨与寨之间也不分彼此，
傣家人都是同一个祖宗，
大家和睦相处相敬相爱。

请听吧，
比丘们请听端详，
正因傣家人能和睦相处，
佛祖世尊才会啧啧夸奖。

夸奖捧麻典国王的家族，
从来不搞内斗互相打仗，
他们都生活在一个勐里，
彼此之间像一家人一样。

因为他们相互来往，
不分你我亲密无间，
佛祖对勐迦湿很赞赏，
那里莺歌燕舞瓜果飘香。

那里气候温和没有灾害,
　　稻谷一年三熟,
　勐里的稻谷年年丰收,
民众称心如意不愁吃穿。

第二章

神仙预兆王后梦
天神下凡做王子

ပူဒိ ၂ ၉ှဉုမ့်ကွေ့မိဘုဏဆုမ့်
ဖေဝကွေ့ပျောဒပုတ္တီ

捧麻典管理着泱泱大国，
　勐迦湿王宫富丽堂皇，
　国王有很多家奴服侍，
还有一万六千位宫女陪伴。

　　勐里有六万位帕雅，
　　还有十万位大臣高官，
　　　除此还有无数富翁，
　　司祭官人数也很可观。

　　他们每天都一起来上朝，
　　朝拜捧麻典祝愿平安，
　　他们祝愿王后永远美丽，
　　祝国王和王后寿比南山。

　　按照王国以往的规矩，
　　早朝时国王王后一定到场，
　　　两旁有卫兵侍奉保护，
　　然后官员们一起下跪请安。

　　接着向国王王后表心愿，
　　　表示忠诚信誓旦旦，
　　　表完心愿才禀报国事，
　　然后国王下令大臣照办。

　　勐迦湿王后婻玛黑术拉，
　　她统领一万六千位宫女，
　　　住在二十层的阁楼里，
　　高高在上显示身份高贵。

王后二十一岁那年，
命运有了新的转机，
冥冥之中有什么变化，
她自己也没放在心上。

这年忉利天①有位男天神，
名叫萨拉帕瓦，
他已有一千仙岁，
年事已高但还不服老。

天堂的岁数同凡俗不一样，
若换算成人间的岁数更长，
换算过来有一千八百万岁，
好像平常高呼国王万寿无疆。

天神在天堂生活得非常幸福，
整天无忧无虑不用操心吃穿，
天神们享受天堂的一切欢乐，
不会生病没有烦恼身体安康。

这位天神接到天王帕雅因旨意，
要他下凡投胎到人间，
按照帕雅因的精心安排，
时辰一到就下凡。

天神接受旨意后下凡，
投胎到玛黑术拉王后的腹中，
天神行事不会有声响，
此时王后正进入梦乡。

梦见有位天上的神仙，
带着三千士兵，
把王后团团包围起来，
王后在中间无法动弹。

王后这个梦非常奇妙，
好像自己没睡在床上，

---

①忉利天：佛教用语，欲界六天之第二层天。

仿佛进入另一个世界,
一个美丽辽阔的地方。

神仙送给她一颗美丽珠子,
珠子颜色湛蓝大如乌鸦蛋,
还送一把闪亮锋利的宝剑,
两样宝物从未见过非常稀罕。

王后接受两样稀奇宝物,
就从梦中惊醒,
她疑惑不解心头不安,
这究竟会是什么预兆?

王后急忙把夜间的梦境,
告诉了夫君捧麻典,
她要夫君帮助解释,
解开梦境中的谜团:

"国王哥哥啊,
请您倾耳细听,
奴家也不知怎么回事,
您听后不必着急紧张。

"昨夜奴家做了个怪梦,
梦见有一位神仙下凡,
他送给我两样宝物,
醒来后身边却空荡荡。"

国王听后心生疑惑,
他也无法做出判断,
只好传来司祭官们,
要他们立即进行推算。

国王把王后的梦境告诉他们,
问昨夜王后的梦是什么预兆?
司祭官们听后赶紧推算,
他们轻车熟路不慌不忙。

根据做梦的日期和时辰,
结合王后生辰详细推算,

司祭官们应用呼啦①知识,
把得出的结果禀报国王:

"尊敬的国王陛下啊,
现在奴才们向您禀报,
根据呼啦推算的结果,
这是大吉大利的美梦。

"有位威力强大的天神,
已经从天上下凡,
他来到人间投胎,
已进入王后腹中。

"即将成为未来的王子,
这是勐迦湿好运的预兆,
他是一位天神的化身,
他将有天神般的威力。

"他将给勐迦湿带来福音,
会使勐迦湿更加强大,
这就是梦境全部起因,
奴仆们没有半点遗漏。

"奴仆已经把推算禀报完,
等候好事降临宫殿,
奴仆敬请国王吩咐,
还需要奴仆怎么办?"

国王听了司祭官禀报,
脸上闪烁着愉悦容光,
他吩咐大臣和女仆们,
对王后加倍护理不可怠慢。

又要求一万六千名宫女,
照料王后要像呵护花朵一般,
王后已经怀着天神之子,

① 呼啦:傣语,傣族天文历法、占星术等方面的知识。

每时每刻都要细心照看。

王后受到精心照料,
日常起居平安无恙,
到了怀胎十月时候,
王后的肚子已明显隆起。

这天王后突然产生一个想法,
想去王宫外走走看看,
她就去禀报国王捧麻典,
请国王同意她的请求:

"至高无上的大王啊,
奴想去环绕王城行礼①敬拜,
让腹中王儿熟悉王城情况,
请求英明的陛下恩准前往。"

英明的捧麻典国王听后,
理解王后已经到了临产,
她的意思是离开王宫,
提早住进分娩的产房。

他随即批准王后的请求,
命令随从和大臣做准备,
为王后安排新的卧室,
迎接神圣的王子降临。

王后产房准备妥当之后,
请捧麻典国王前往察看,
捧麻典国王看后感到满意,
下令备车让王后环绕王城行礼。

随从很快备好一辆华丽马车,
车上为王后铺好松软的蒲团,
马车来到王后的卧室前,
将王后扶上豪华的车辆。

---

①环绕王城行礼:对王城行绕行礼。绕行礼:对所尊敬的人、物行绕行礼,即以右侧对着主体绕行,表示对主体的敬礼。

王后坐在铺好蒲团的马车上,
宫女们前呼后拥跟在两旁,
上万名宫女成群结队,
缓缓前行浩浩荡荡。

宫女侍从们簇拥着王后,
车夫赶着马车不紧不慢,
马车离开王宫走向东城门,
穿过王城繁华的街道。

王后乘坐的马车缓慢前行,
出东门后绕行往南门,
又从南门向西门绕行,
再从西门向北门走去。

他们向右绕城敬拜了一圈,
把这个特大喜事告示天下,
让王家和民众共同分享,
最后又回到东门外面。

接着他们又继续绕行,
按原来的路线又绕一圈,
按照捧麻典国王的旨意,
绕行三圈后才礼毕完善。

最后马车顺着城边走去,
马车驶向新落成的产房,
边走边观赏那沿途美景,
终于来到城郊一个坡地上。

这里是新建产房的所在地,
周围绿树成荫风光秀丽,
新建产房也像王宫一样,
使王后不觉得有什么异样。

宫女们搀扶王后下车,
慢慢走进崭新的产房,
产房里装饰精致华丽,
床垫铺设舒适又柔软。

王后进入新落成的产房，
　　仿佛住在王宫里一样，
　　她非常满意心情舒畅，
　　她感激国王想得周全。

　　产房里各种设施齐全，
　　等待美丽的王后临产，
　　王后进入产房后不久，
　　就顺利生下了一位王子。

　那些年轻美丽的宫女们，
　都在为王后和小王子奔忙，
　宫女们打来了圣洁的清水，
倒入价值十万两黄金的金盆里。

　　水里放入芬芳的香料，
　　为刚出生的王子沐浴，
　　所有该做的事都做完，
　　王后的心情无比舒畅。

　　守候在产房门外的国王，
　　接到侍从禀报心里亮堂，
　　国王立即下令准备回宫，
　　侍从们听后又开始奔忙。

　　车夫赶来豪华的马车，
　　宫女搀扶王后走出产房，
　　捧麻典笑着迎上前去，
　　王后高兴得像吃了蜜糖。

　　国王带着王后和小王子，
　　无比高兴地回到王宫，
　　那些年轻美丽的宫女，
　　用红被盖在王子身上。

　捧麻典为了照顾好小王子，
　特意挑选出六十四位奶妈，
　这些奶妈都有健康的身体，
　　没有任何罪孽世代清白。

她们不高不矮不胖不瘦,
而且乳房丰硕饱满,
每个奶妈都刚生了孩子,
有甘甜的乳汁可供喂养。

捧麻典给奶妈下达旨意,
吩咐她们搬进王宫居住,
要求精心照料好小王子,
对她们将来会有好奖赏。

在小王子出生的同时,
六万位帕雅也生小男孩,
六万个小孩与王子同生辰,
一时间整个王族人丁兴旺。

这也是王族的一个特大喜事,
国王也为他们派去六万个奶妈,
去照料与王子同时出生的孩子,
让六万个孩子和王子一块成长。

王子长大后需要侍卫官,
这都是天神的特意安排,
六万个小孩与小王子关系密切,
都享受到特殊的恩宠。

当小王子满月的时候,
在一个风清月朗的晚上,
小王子正在甜甜入睡,
一把宝剑出现在他身旁。

同时还有一颗蓝色的宝石,
正像王后梦里见到的一样,
王族长老们为此议论纷纷,
王后的奇梦灵验非同一般。

用神赐的宝物来给小王子取名,
因为和王后的梦境一模一样,
有神物来与小王子相伴,
就能保王子永世平安无恙。

捧麻典认为这个提议有道理,
叫来王族长老和司祭官商量,
大家在一块七嘴八舌出主意,
给小王子取名叫做巴拉迭瓦。

巴拉迭瓦的聪明无人能比,
出类拔萃举世无双,
他长到三岁的时候,
力气已经超过大人。

他的力气能敌过三头大象,
人们见后都交口称赞,
他全身没有任何瑕疵,
他的头发乌黑发亮。

他佩着宝剑穿着仙鞋,
腾飞上天像雄鹰飞翔,
他会使用各种刀枪武器,
舞刀弄枪令人眼花缭乱。

他使用棍棒无所不能,
玩弓箭能把靶心射穿,
大臣们看后目瞪口呆,
百姓们见后众口夸奖。

敬佩他的武艺高强,
称赞他是国家栋梁,
大家对王子顶礼膜拜,
赞美之声到处传扬。

他不仅有高超的武艺,
传奇身世也令人惊叹,
他是天神转世下凡投胎,
神仙和凡人就是不一样。

王后的年纪到了二十四岁,
她对王子更加疼爱呵护,
王后视王子如掌上明珠,
把王子当成了宝贝心肝。

王子长得英俊健壮,
不愧是天上神仙下凡,
世间的凡人无法相比,
举国上下夸奖声不断。

当王后二十四岁的时候,
又有一个奇迹发生,
忉利天上有位男天神,
也到了一千仙岁。

如果换算成人间岁数,
足足有一千八百万岁,
他在天上的寿命已尽,
寿终正寝活得圆满。

天神寿终之后离开天庭,
来到人间准备投胎转世,
他选定的生身母亲,
正是婻玛黑术拉王后。

于是王后感觉身体不适,
全身感觉疼痛难耐,
晚上她又做了个梦,
梦见天上的神仙下凡。

同上次的梦有点类似,
也是送给她几种宝器,
有神弓仙鞋和宝剑,
王后接受后从梦中惊醒。

王后把梦境告诉捧麻典,
认为同上次的一模一样,
国王听后又感到很诧异,
要尽快弄清楚不可怠慢。

他召来了司祭官,
准备同他们商量,
司祭官全部到齐后,
他把王后梦境说端详。

司祭官听后已心中有数，
运用呼啦知识进行运算，
　　很快就得出结论，
随即禀报给捧麻典国王：

"奴才们禀报国王陛下，
有个生命进入王后腹中，
是位神仙转世非同一般，
　　看来国家又时来运转。

"这是奴才的推算，
　　按理不会有错判，
　　奴才向国王道喜，
　　情况都已禀报完。"

国王听说王后又怀孕，
　　他不禁心花怒放，
他下令大臣和女仆们，
小心翼翼把王后照看。

又召集一万六千名宫女，
要她们精心照顾好王后，
寸步不离守护王后身旁，
若有半点闪失一律问斩。

王后自己也十分谨慎小心，
怀胎十月便产下一名男孩，
捧麻典为照顾自己的王儿，
又特意在全国挑选出奶妈。

　　挑选了六十四位奶妈，
她们都没有罪孽没有瑕疵，
而且刚生孩子有甘甜奶水，
细腰挺胸都有丰满的乳房。

　　一切都同大王子一样，
　　六万位帕雅家也生小孩，
六万个小孩与王子同生辰，
　　全都是王子的小伙伴。

等到这些小孩长大后，
就是王子的侍卫官，
这是家族的特大喜事，
全是上天恩赐特意安排。

国王照样派出六万名奶妈，
分配到各王族的家庭，
一个孩子配一个奶妈，
照顾六万个孩子健康成长。

时间像流水一样的过去，
奶妈对王子细心哺育，
王子在幸福中不断成长，
转眼间王子已长到八个月。

此时天神又出手相助，
赐给小王子随身宝物，
有神弓仙鞋和宝剑，
悄悄摆放在王子床边。

有了大王子的先例，
国王和王后心照不宣，
他们深知这是天神恩赐，
是王族积德回报不必惊慌。

他们按照上次的做法，
对宝物细心研究掂量，
召集王族长老为王子取名，
为二王子起名叫巴拿捧麻典。

巴拿捧麻典三岁时，
身体长得非常健壮，
他已经像个小伙子，
超出正常孩子状况。

王子开始佩带宝剑；
穿上仙鞋到处奔跑，
还会拉弓射箭追捕猎物，

响声震得须弥山①都摇晃。

响声惊天动地沸沸扬扬，
还惊吓了海底下的龙王，
他不知道发生什么事情，
龙王慌不择路四处闯荡。

森林中的树木也受影响，
不见刮风下雨哪来声响？
而且声音之大从未有过，
一切都被震得摇摇晃晃。

森林的野兽也莫名其妙，
惊慌失措只好各自逃散，
本来想找个避难的场所，
但跑来跑去到处都一样。

民众百姓也好生诧异，
都跑下竹楼四处张望，
人人都心中惧怕，
互相询问为什么会这样。

当知道是二王子拉弓的声响，
大家这才转忧为喜交口称赞，
勐迦湿的臣民们为此很开心，
二王子的威名四处传扬。

人们敬佩二王子威力无比，
将来征服天下没有敌手，
还说王族祖宗积德有福气，
勐迦湿后继有人永远富强。

好福气还在王族中继续运转，
二王子出生第二年又福星高照，
那时玛黑术拉王后二十六岁，
二王子的年龄还不到一岁半。

---

①须弥山：古印度神话中的高山名，为诸山之王。又译妙高山。

王后又做了一个梦,
她梦见月亮的光圈,
从天上落下,
变成美丽的缅桂花。

王后见到美丽的花环,
就将它戴在自己头上,
而后王后从梦中惊醒,
这时天空还没发亮。

王后摇醒了捧麻典,
把梦境告诉了国王,
捧麻典听王后讲完,
认为又有喜事降临。

他叫人召来司祭官,
为王后解梦预卜吉祥,
司祭官们推算之后,
心中有数脸放红光。

司祭官明白王后梦境,
向国王行跪合十礼,
司祭官把推算的结果,
如实禀报捧麻典国王:

"尊贵的国王啊,
王后有喜王族将添新成员,
有个多福德天神从天而降,
已经投胎到了王后腹中。"

国王听了司祭官的禀报,
命令官员和美丽的宫女们,
守护和照顾怀孕的王后,
确保王后不受任何影响。

王后怀孕十月期满,
又生下一位王子,
三王子白白胖胖没有瑕疵,
同两个哥哥长得一模一样。

美丽的宫女们拿来金盆,
装满水放入香草和香物,
　　为三王子沐浴净身,
　　然后用软布把身上抹干。

　　奶妈接过了小王子,
　　给他喂奶尽心呵护,
一切都按照国王的吩咐,
照顾王子的侍女数不胜数。

到了为王子取名的那天,
捧麻典叫来长老们商议,
长老们根据王子的生辰,
为他取名字叫做迭文答。

随着迭文答慢慢长大,
他的才能也露出锋芒,
他的言行举止非同一般,
见过的人都交口称赞。

都说他前世积下无量功德,
今生小小年纪就有强大威力,
　　他的力气超过两头大象,
　　而且还能腾云驾雾。

他能手握宝剑跃上高空,
高度超过大王棕树的顶端,
在空中舞剑如同在地面,
花样百出令人眼花缭乱。

人们见识迭文答的本领,
　　都认为他非同一般,
前世积下的功德有回报,
称赞他为人们树立典范。

继续讲述玛黑术拉王后,
在她二十七岁时又发生奇迹,
　　她又做了一个神奇的梦,
　　这个梦美丽而吉祥。

她梦见一颗绿色宝石，
从天上落在她身旁，
王后捡起那颗绿宝石，
就从梦中惊醒。

王后不知是凶是吉，
揣摩不定不敢妄作判断，
她只好把梦境告诉丈夫，
禀告至高无上的国王。

捧麻典听后也无法判定，
便让侍从召来众司祭官，
把王后的梦向他们讲述，
让他们推算是什么预兆。

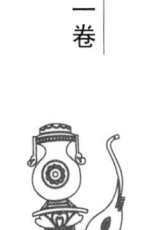

司祭官们根据国王的描述，
一起推算王后梦境的吉凶，
司祭官们没过多大的工夫，
就得出结论向国王禀告：

"尊敬的国王啊，
又有个积聚洪德的天神，
投胎到了王后的腹中，
王后又将为国王增添新的王子。"

国王听了司祭官的话，
心里顿时高兴异常，
国王立即发布命令，
要保护王后不受任何损伤。

侍臣和宫女们接受圣旨，
付诸行动不敢懈怠，
他们精心服侍王后起居，
还在饮食上加倍调理。

他们保护怀孕的王后，
寸步不离王后的身旁，
时间像流水一样过去，
王后怀胎已十月期满。

王后又生下一位王子,
顿时王宫里喜气洋洋,
国王又按照王家规矩,
王宫又增添一批奶妈。

王子出生后的第一件大事,
就是为他取名字,
到了满月那一天,
王宫上下显得非常繁忙。

捧麻典请来了王族长老,
大家聚在一块仔细商量,
共同推算王子生辰八字,
为他取名叫做捧麻扎嘎。

捧麻扎嘎一天天长大,
与同龄的孩子不一样,
他身体强壮力气过人,
七岁时力气就超过两头大象。

他也有超人的本事,
与哥哥的本领相同,
能手握锋利的宝剑,
纵身一跃飞上高空。

能超过大王棕树的顶端,
在空中自如地舞剑,
如履平地动作敏捷,
人们见到后都交口称赞。

看到年幼的捧麻扎嘎,
身怀超人的神通本事,
人们都心生敬畏之心,
断定他长大后定成大器。

再说王后的福气还没完,
一个接一个不间断,
在她二十八岁的时候,
福气又降临她的身上。

她又做了一个神奇的梦，
梦见有一颗闪亮的水晶，
从天上落在她的面前，
王后捡起水晶后美梦中断。

王后把梦中的情景，
向自己的丈夫禀告，
捧麻典听后很奇怪，
便派人召来司祭官。

让他们为王后解梦，
破解王后梦中谜团，
司祭官解梦很准确，
国王为此也很放心。

司祭官们经仔细推算，
明白王后做梦的原因，
就向捧麻典叩拜禀报，
解说其中的来龙去脉：

"奴的君主啊，
又有一个积聚洪德的神仙，
来为勐迦湿造福，
国王又要添新丁。"

王后怀胎十月期满，
顺利分娩生下小孩，
王后又生了个男婴，
国王又多了一个英俊王子。

过了没有多长时间，
国王又为王子取名奔忙，
他按照过去的规矩，
召集了王族长老商量。

大家经过商议之后，
为王子取名为丙拔扎嘎，
丙拔扎嘎渐渐长大，
本领也同几位兄长不分上下。

他七岁时就有很大力气,
可以打败两头大象,
他还能腾空跃上蓝天,
一个跟头飞过大王棕树上方。

他能在空中手握宝剑,
来回舞动不会掉下来,
他在空中自如地舞剑,
仿佛脚底有东西支撑。

人们看见年幼的丙拔扎嘎,
身怀着超人的神通本领,
都对他产生敬畏之心,
认为他长大后前途无量。

连内务大臣们也佩服,
见面都行合十礼,
勐迦湿民众更加崇拜,
把他当做神仙一样。

奇迹一个接一个发生,
当王后二十九岁那年,
又做了一个神奇的梦,
梦见自己乘坐一艘大船。

大船航行在浩瀚的大海,
越过无边无际的海洋,
大船不停地向前行驶,
让王后饱览海上风光。

王后从梦中醒了过来,
发现自己还睡在床上,
没有波涛汹涌的大海,
也不见那艘大船。

王后回想梦中的情景,
详细禀告捧麻典国王,
她绘声绘色地叙说海景,
还把大船样子描述一番。

捧麻典听后也感到奇怪,
怎么王后会梦见海洋?
大海和天堂完全两码事,
吉凶难料令人惴惴不安。

他随即叫来了司祭官,
还把自己的担心讲一番,
他认为王后的梦蹊跷,
要司祭官仔细去推算。

司祭官们用呼啦知识反复推算,
日期时辰加减乘除全用上,
明白了王后做梦的原因后,
这才向捧麻典国王叩拜禀告:

"尊敬的国王啊,
请陛下不必担心惊慌,
又有个神仙来投胎,
已经进入王后腹中。"

司祭官接着解说缘由,
捧麻典这才解开谜团,
觉得司祭官说的合乎情理,
应该是喜事而不是灾难。

国王听了司祭官解释,
转忧为喜露出笑脸,
国王立即发布命令,
对王后加倍护理。

王后怀胎又满十个月,
到了产期大家开始奔忙,
国王亲自安排人接生,
又一位英俊的王子顺产。

宫女们熟门熟路,
用金盆装水为王子沐浴,
水里还放入芬芳的香物,
沐浴后的王子满身芬芳。

接下来要为王子取名字,
王族的长老们应召前来,
根据王子的生辰八字,
大家在一起共同商议。

长老们七嘴八舌议论,
为他取名沙嘎拉晚那,
沙嘎拉晚那渐渐长大,
他的威力同兄长一样。

六位王子生活在宫殿里,
幸福欢乐无忧无虑,
勐迦湿美丽富饶,
是人世间最好的地方。

勐迦湿地域辽阔,
管辖一百零一国,
管辖国年年进贡,
捧麻典令世人羡慕。

每天有成群大臣来拜谒,
侍卫官从不离国王身旁,
大臣官员不分昼夜侍候,
捧麻典国王是王中之王。

佛祖世尊到此打住,
这段故事已经讲完,
他又开始归纳小结,
才好继续再往下讲。

"听吧,
众比丘和亲属们,
捧麻典有六位王子,
他们都有神通和力量。

"大王子巴拉迭瓦,
他拥有仙界的宝器,
他的力气巨大无比,
有两头大象的力量。

"二王子巴拿捧麻典,
力气还超过他的兄长,
他也拥有仙界的宝器,
气力超过三头大象。

"三王子迭文答,
力量同大王兄一样,
也超过两头大象,
仙界宝器一样不少。

"四王子捧麻扎嘎,
力气同三王兄相当,
也能敌过两头大象,
神通法力也很高强。

"五王子丙拔扎嘎,
力量也超过两头大象,
六王子沙嘎拉晚那,
力气也同五位王兄一样。

"具有神通法力的王子们,
成为捧麻典国王的骄傲,
都是勐迦湿王族后代,
都是勐迦湿国的栋梁。"

第三章

神仙预兆王后梦
仙女下凡做公主

ဥသာပရွှတ်
傣族英雄史诗
乌莎巴罗

ပူဒိ ၃ ဖေၚငေ်ာဂ္ခုမ်ဖေဝိ
ဖေဝဒၥေက္ဎပူဒိဒၥ

其实王后的美梦还没完，
　　这个故事还要往下讲，
要继续讲述王后的福气，
　　讲述王族繁衍后代。

　　在王后三十岁的时候，
　　又做了一个奇异的梦，
　　梦见天堂的繁荣景象，
　　一朵仙界花朵从天而降。

　　她随手接住那朵鲜花，
　　　　鲜花散发出芳香，
　　她手捧着美丽的鲜花，
　　　　随即惊醒美梦中断。

王后将梦境告诉捧麻典，
捧麻典国王听后笑开颜，
他派人去叫来司祭官们，
让他们为王后解开谜团。

　　司祭官们经过反复推算，
　　禀报国王又有喜事降临，
　　将有位美丽如花的仙女，
　　　　投胎进入王后腹中。

这回王后怀的是个女儿，
将生下一位美丽的公主，
　　捧麻典听后更加高兴，
他已有六个儿子正缺女孩。

王后怀胎十月期满，
果然生下一位公主，
宫女们用金盆打来清水，
为公主沐浴净身。

清水里还放入香水和香物，
小公主沐浴后满身飘香，
宫女抱起沐浴后的公主，
送去给国王和王后细看。

捧麻典又精心挑选奶妈，
奶妈奶水香甜模样漂亮，
每天喂养照顾公主，
年幼的公主慢慢成长。

过了一段日子之后，
长老们又聚集在一起，
为花朵般的公主取名，
这是捧麻典国王的旨意。

根据公主的生辰八字，
为她取名叫做迪芭婉娜，
取这名字非常讲究，
因为公主有仙女般容貌。

公主确实长得非常漂亮，
五官端正皮肤红润发光，
连耳眼头发也精美绝伦，
天底下无人能比得上。

婻玛黑术拉王后喜事不断，
三十一岁时又进入美好的梦乡，
梦见一朵金莲花从空中落下，
金莲花美丽芳香。

王后忙伸手接住金莲花，
爱不释手紧紧贴在胸口上，
她正陶醉在幸福之中，
就从梦中惊醒两手空荡荡。

待王后神志清醒过来，
忙将梦境告诉捧麻典国王，
神威的捧麻典听后细想，
心里头已有美好的预感。

他召来所有的司祭官，
把王后的梦境对他们讲，
让他们为王后解梦，
得出结论他才心安。

司祭官们经过细心推算，
认为王后的梦同以前一样，
他们得出了推算的结果，
然后对捧麻典叩拜禀报：

"奴尊敬的大王呀，
又有一位仙界的神女，
投胎到王后腹中了，
王后将生下一位公主。"

捧麻典听后喜形于色，
觉得吻合自己的推想，
他让宫女们守护王后寸步不离，
一直到怀胎十月期满。

王后果真又生下一位公主，
如花似玉同她姐姐一样，
夫妻俩对公主看了又看，
心花怒放欣喜若狂。

到了为公主取名字时候，
长老们聚集在一起商量，
他们根据公主生前的预兆，
给她取名叫做苏婉娜捧玛。

她美丽绝伦人见人爱，
任何女人也比不上她，
身上纯洁无瑕白如玉，
宫里人围着她身边转。

过了不久王后又有喜事，
三十二岁时又进入梦乡，
她梦见有许多红莲白莲，
纷纷从空中飘到她身旁。

她随手接住红莲白莲，
随即梦醒原来在床上，
王后将梦境告诉丈夫，
国王听后召来司祭官。

司祭官们经过推算，
喜上眉梢满脸堆笑，
毕恭毕敬叩拜捧麻典，
把推算结果向他禀报：

"奴尊敬的大王啊，
王后又有喜啦！
王后又怀了一位公主，
又是天神前来投胎。"

捧麻典听后欣喜异常，
他心里感到无比欢畅，
叫来侍臣和众美丽宫女，
要他们守护好王后娘娘。

王后怀胎十月期满，
又一位公主来到世上，
公主肌肤光洁如玉，
成群的宫女为她奔忙。

按照王族的旧惯例，
召集长老给公主取名，
名字就叫芭都玛，
寓意美丽的莲花。

媥玛黑术拉喜事连连，
她已是三十三岁王后娘娘，
她又梦见了一朵红檀香花，
从天空中轻轻地飘逸而降。

她随手接住红檀香花,
红檀香花散发出芬芳,
王后就从睡梦中醒来,
梦境在脑海中依然不散。

做梦后过了十个月,
王后又生下一位公主,
长老们在一起取名字,
四公主名叫尖达迭韦芭冬玛。

取名结合公主的生辰,
还有她的美丽长相,
因为她像天上的蓝宝石,
这样的名字非常恰当。

她全身都完美无缺,
看不到半点的瑕疵,
她像天宫里的仙女,
婀娜多姿非常好看。

她有修长的手指,
仿佛翡翠雕琢的一般,
她的鬓角如同青丝,
乌黑飘逸发出亮光。

她的脸上好像贴着金箔,
普天下的人们都称赞,
尖达迭韦芭冬玛七岁时,
如同金纳丽①一样漂亮。

故事还得往下讲,
讲述王后的福气,
当她三十四岁时,
又福星高照好运不断。

她又进入美好梦乡,
梦见全身散发出芬芳,

---

① 金纳丽:雌性人头鸟身,半仙半人,居住高山顶上,传说非常美丽。

她惊奇地从梦中醒来，
仿佛身上还留有余香。

她忙将梦境告诉丈夫，
国王立即召来司祭官，
解开王后梦境征兆，
才能放心不牵心肠。

司祭官们认真推算，
搞清王后梦境的情况，
他们先行跪合十礼，
然后向捧麻典禀报：

"奴尊敬的大王啊，
喜事又降临国王头上，
又有个仙人前来投胎，
王后已孕育美貌姑娘。"

不久之后王后又临产，
生下一位公主乖巧可爱，
长老们给公主取了名字，
公主名叫婻苏甘塔洁西。

苏甘塔洁西七岁时，
长得像仙女般美丽，
公主令夫妻俩陶醉，
心想再多生几个更欢喜。

果真不出夫妻俩所料，
王后三十五岁又做梦，
梦见有许多芳香物，
生在她的发髻顶上。

她还没分辨是什么香物，
便惊奇地从梦中醒来，
她躺在床上回味梦境，
脸上现出甜蜜的微笑。

王后又像以往一样，
将梦境告诉了夫王，
捧麻典听后没加思索，
就派人去召来司祭官。

司祭官推算王后梦境，
然后禀报捧麻典国王，
说又有位仙女来投胎，
后来王后又生下一位女孩。

公主身体完美纯洁，
像坩埚里炼出的纯金，
两只眼睛清澈明亮，
像价值连城的珠宝一样。

真的是美人胚子生美人，
公主王后长得一模一样，
王族亲戚们前来祝贺，
共同为小公主取名奔忙。

大家商量后确定下来，
公主名叫婻苏婉纳占芭，
这个名字有特殊含意，
预示公主一生幸福。

苏婉纳占芭长到七岁，
容貌像天仙般好看，
她是捧麻典最小女儿，
国王视为宝贝心肝。

佛祖世尊讲完这段故事，
认为又该进行小结归纳，
才能让故事前后连贯，
于是就对众比丘说：

"请听吧，
众比丘，
捧麻典有十二个子女，
王子公主都像金子一般。

"大王子名叫巴拉迭瓦,
二王子名叫巴拿捧麻典,
三王子名叫迭文答,
四王子名叫捧麻扎嘎。

"五王子名叫丙拔扎嘎,
六王子名叫沙嘎拉晚那,
六个王子都身怀绝技,
六个王子都力大无比。

"捧麻典还有六位女儿,
个个都像花朵般美丽,
大女儿名叫迪芭婉娜,
二女儿叫苏婉娜捧玛。

"三女儿名叫芭都玛,
四女儿名叫尖达迭韦芭冬玛,
五女儿名叫苏甘塔洁西,
六女儿名叫苏婉纳占芭。

"这十二位儿女啊,
都是天上神仙下凡,
前来人间投胎转世,
降生在国王王宫里。

"他们成了勐迦湿的王子公主,
在王宫里幸福生活,
国王管理着一百零一个国家,
他德高望重民众都服他管。"

第四章
积德行善得好报
勐邦果发达兴旺

ဥသာပါရွှီ
傣族英雄史诗
乌莎巴罗

ပွင်ရ ကိုဖို့ကွဘံပုသိငိစ်
မ္မေတာပေါ်ဝံရွှေသုကွသို့

帕雅因是天神之王，
大地生灵全由他管，
他经常外出巡游，
从天上向人世间俯瞰。

帕雅因惦记着黎民百姓，
认为人世间要和睦相处，
不应该互相打仗搞侵占，
那天他巡游到了南赡部洲①。

南赡部洲是个美丽的地方，
有山有水一片生机盎然，
那里有大片肥沃的土地，
森林茂盛有成群牛马大象。

在南赡部洲的东北方，
有个大国叫勐邦果，
它由二十个大勐组成，
属国还有一百零一个。

第一个勐叫乌达腊般，
它的面积最宽广力量最强大，
第二个勐叫先达兰，
它排行第二也很不简单。

---

①南赡部洲：佛教传说的四大部洲之一，在须弥山之南，盛产赡部树，故名南赡部洲。

第三个勐叫捧麻宛帝,
它的名气也非常响亮,
第四个勐叫达腊迦,
它比第一个勐小一半。

第五个勐叫达腊宛帝,
国土同第四个勐一样,
第六个勐叫兴罕宛帝,
它虽然不大却很富强。

第七个勐叫阿林答捧麻,
同第八个勐黑麻宛帝是邻邦,
第九个勐叫做甘那宛帝,
与第十个勐本多宛帝如同兄弟。

第十一个勐叫扎林达宛帝,
那里的人民勤劳又勇敢,
第十二个勐叫塔纳瓦塔地,
这个勐内部团结国泰民安。

第十三个勐叫金达宛帝,
风光秀丽没有灾难,
第十四个勐叫涅密拉宛帝,
这个勐从未发生骚乱。

第十五个勐叫腊达那巴帝,
它的地形像簸箕样平坦,
第十六个勐叫松潘宛帝,
它的土地肥沃有丰富宝藏。

第十七个勐叫竺拉尼,
它主要生产大米蔗糖,
第十八个勐叫韦沙腊宛帝,
这个勐畜牧业很兴旺。

第十九个勐叫滇达,
这个勐是个小地方,
第二十个勐叫阿毗宰牙宛帝,
这个勐排在最后但国力很强。

二十个勐各有特点，
二十个勐各有所长，
二十个勐都有肥沃土地，
二十个勐都是傣乡。

二十个勐和附属的一百零一个勐，
组成了一个伟大王国，
被尊称为勐邦果摩诃拉扎塔尼①，
这就是勐邦果王国。

勐邦果靠近大海，
天下商船往来频繁，
它是传说中的古国，
来往船只必须停泊它的海港。

这个王国生意非常兴旺，
同外邦的许多国家都有交往，
它还不断扩大自己的领地，
同下属五个岛国接触最频繁。

五个岛国是昂古拉岛和罗麻岛，
基利岛和些腊岛，
还有一个叫细点达岛，
同勐邦果的交往从不间断。

前面讲的这些国家，
也各有自己的海洋，
特别是勐捧麻宛帝，
它拥有的海岸线最长。

每天都有商船停靠海港，
北面的海港最出名也最繁忙，
它是一个繁荣的海边商埠，
人民生活富足不愁吃穿。

---

①摩诃拉扎塔尼：巴利语，意为伟大的王国。

还有勐甘那宛帝,
这个国家靠海也很有声望,
它在那一带名气很大,
它的港口很大不像湄南荒河渡口那样小。

湄南荒河可以泅渡过去,
大海无边无际一片白茫茫,
这些靠海国家很富裕,
他们热情好客出手大方。

勐金达宛帝,
也有自己的码头和海洋,
它也有一个出名的大商埠,
每天有许多货船来往。

勐阿毗宰牙宛帝,
它也拥有一个很大的海港,
这个海港在那一带排名第四,
这个勐靠海港收入支撑发展。

勐本多宛帝也有个大港湾,
港口排行第五热闹非凡,
港口是该国最繁荣的集市,
每天有很多商船来往不断。

沿海的国家还有好多个,
有勐腊达那巴帝和勐涅密拉宛帝,
还有勐兴罕宛帝,
佛祖称那里是一个黄金海岸。

昂古拉岛国和细点达岛国,
位于勐涅密拉宛帝的南方,
它们也全靠航海维持生计,
陆地面积十分有限。

勐涅密拉宛帝的港口很有名,
它的海岸线长得无法计算,
它的港口位列天下第九位,
位置在西方太阳下山比较晚。

勐乌达腊般在这些国家中间,
勐竺拉尼则在北端,
勐竺拉尼的人口不算太多,
因为靠地球之北气候严寒。

勐般扎宛帝和勐达腊迦两国,
是人口迁移过去的新地方,
这两个勐比较靠近内陆,
它们没有自己的海港。

天神之王帕雅因巡视列国,
他从一个勐去到另一个勐,
两个勐之间要飞行一天,
通常到达一个勐的海域时已是夜晚。

与内陆两勐之间的遥远距离相比,
岛国之间的距离不算太远,
岛国之间通常无路可走只能坐船,
比如从勐捧麻宛帝到勐故萨宛帝。

帕雅因走过了很多地方,
然后又到其他洲去游玩,
他看到一望无际的大地,
他还看到大海没有边缘。

在海上他看见许多大帆船,
往来航运非常繁忙,
帕雅因每到一处都停下来,
凡有人生活的地方都要察看。

做生意的老板都很有钱,
每人每年上缴税赋三万万,
其中有停泊港口的地方,
还有名目繁多的税赋项目。

国家通常把税款分三份,
一份留国王的家族分享,
另一份给各勐的头人,
还一份给新加盟的友邦。

沿海国家大都很富有，
人民生活优于内陆地方，
帕雅因对沿海国家很是赞赏，
称沿海国家是黄金海岸。

每个国王居住的王城，
面积很大而且较平坦，
有的肉眼望不到边沿，
足有五百由旬宽。

还有的国王居住的宫殿，
盖着琉璃瓦围着高墙，
宫殿的大圆柱又粗又直，
七个人拉起手才能围绕一圈。

高墙全用大石头垒砌，
足有三十庹高不可攀，
高墙保卫着国家君王，
国王住在里面很安全。

国王身边有千万个文武大臣，
其中权力最大的有六位高官，
这是根据《王家谱》的记载，
《六万大官员》的书里都有讲。

说到成千上万的大臣，
个个都有自己的才能，
国王身边的文人墨客，
精通天文地理日月星辰。

官员还划分若干等级，
第五等级属五六品官，
他们都有自己的职责，
是治国的第五道防线。

而管理各寨子的头人，
是治国的第六道防线，
他们充当国王的耳目，
就像纵横交错的网。

国王豢养大批的军队，
那是国家权力的命根，
国家的安宁全靠他们，
没有他们百姓不得平安。

国家的军队不止驻在城里，
有的还分散驻在乡下村庄，
他们随时与王城大臣联系，
发现有人捣乱就禀报国王。

美丽富饶的勐乌达腊般，
宽一百由旬长一百三十五由旬，
还有宽一百三十五庹的大河，
环绕着王城流向西南方。

繁荣的王城四周都很大，
粗略计算各有八由旬宽，
还有七层连在一起，
把王城团团围在中央。

城墙最外面那层高三十庹，
坚固的城墙就像阶梯一样，
它们由高到低一层比一层矮，
总共十层的阶梯向里伸展，

城墙一直通向王宫大院，
王宫的院墙有十五庹高，
围墙外都有一条护城河，
河里长满白莲和红莲。

护城河的花草散发出芳香，
吸引了成群的蜜蜂采花酿蜜，
蜜蜂穿梭飞行发出嗡嗡响，
行人都会停下脚步观赏。

国王的王宫建在最里层，
六万位帕雅住在第二层，
第三层居住财主富翁，
第四层居住所有臣官。

第五层居住婆罗门司祭官,
第六层居住执行官,
第七层居住着军队的士兵,
这些人占地共有十九那腊当①。

有十二阿呵勇士,
日夜巡逻把王城守护,
宽阔的街道上非常热闹,
有成群的商贾往来经商。

成群的百姓忙着赶摆,
他们自由自在做买卖,
集市的物品琳琅满目,
各种品种十分齐全。

有金银器皿床上被单,
还有衣物和绫罗绸缎,
看看市场的繁荣景象,
足见这个国家很富强。

王城外有很多傣家寨子,
东南西北面有四个大寨,
每个大寨有一位大富翁,
富翁拥有一百八十亿的财产。

富翁手下有不少小富翁,
各有五百个小富翁做随从,
四个大寨下面还有小寨子,
小寨子各有八万四千个。

每个寨子都有赶摆场,
赶摆场的数量非常可观,
粗略算有八万四千个,
产生了八万四千个富翁。

富翁分布在各个大寨子,
都有五百个小富翁做随从,

---

①那腊当:傣语,数量词,泛指数量众多。

最富有的四位大富翁，
富可敌国令人刮目相看。

他们每个人每年都得进贡，
进贡金子一万两银子十万两，
小富翁们每年也都得进贡，
进贡金子一千两银子一万两。

再说勐邦果有四大富翁，
他们各有百万亿的财产，
他们担负起养兵的任务，
他们深知国泰才能民安。

百姓辛勤创造财富，
也向国王缴纳税赋，
国家只有积累资金，
才能养兵抵御外强。

国家的兴旺或衰落，
同人民的命运相关，
那里的臣民通情达理，
能自觉协助国家保江山。

勐邦果为什么会富强？
主要受佛祖戒律影响，
国王遵从佛祖教诲爱民如子，
百姓因此把国王当父母官。

万能的佛祖啊，
他的教导深入人心，
佛经典籍有八万四千册，
每一册都闪耀灿烂光芒。

傣家人全民信奉佛教，
把佛教视为行动向导，
人们都懂得因果报应，
期盼来世生活更美满。

为此今生多赊佛念经，
布施做好事积德行善，
这样做死后才能升上天国，
过上神仙的日子无忧无患。

虔诚拜佛才能得洪福，
轮回转世才能做国王，
坐在宝座上有人侍候，
前呼后拥非常风光。

勐邦果国力强盛人民富裕，
国王名叫曼塔杜掌伽瓦帝，
他的力气很大能敌过长鼻子大象。
他打败了四大部洲①的对手。

他是实践佛经教义的典范，
他不仅用五戒八戒要求自己，
还用戒律教育文武百官，
把亿万家财奉献给佛祖。

全勐的官员和百姓，
都以国王为榜样，
他们对国王无限忠心，
共同捍卫国家的平安。

战乱和灾荒远离他们，
人民的生活幸福美满，
天底下的其他勐无法相比，
他们都投去羡慕的目光。

王后名叫婻西丽摩耶韦卓帝，
是色究竟天②梵天③神的女儿，

---

①四大部洲：佛教传说中世人的居所，指东胜身洲、南赡部洲、西牛货洲、北俱卢洲。②色究竟天：佛教用语，色界十八天之一，为色界天之最顶，故名色究竟。③梵天：佛教用语，色界之初禅天名。因此天无欲界的淫欲，寂静清净，故名梵天。

父亲居住在天上最高层,
是梵天神的神王。

曼塔杜掌伽瓦帝和丈人原是亲戚,
祖宗数代前都是同一父王,
他们是王族传下来的后代,
家族的仆人和奴婢千千万。

宫女就有一万六千个,
照顾王家生活听使唤,
外人看到他们的家境,
都会投去羡慕的目光。

曼塔杜掌伽瓦帝育有七个儿子,
他们都是天神下凡转世,
国王把他们视为掌上明珠,
都当做宝贝心肝。

大儿子名叫布塔拉扎,
他如同一棵出土金笋逗人喜欢,
他长到七岁时,
个头高大英俊健壮。

到了十六岁那年,
已经长成了大人的模样,
父母为他娶了个漂亮妻子,
人们叫她婻耶摩提娜。

王子娶亲成家之后,
父亲让他治理勐捧麻宛帝,
年轻的国王和王后,
从此登上宝座金床。

第二个王子名叫坦麻拉扎,
娶了宝石般的婻细达提娜,
国王让他去治理勐甘那宛帝,
当上那里傣家人的国王。

国王和王后过上安静的生活,
疾病和祸乱远离他们的身旁,
第三个儿子名叫桑卡拉扎,
妻子名叫朗西丽提娜。

国王让年轻的夫妻俩,
到勐金达宛帝当国王和王后,
那个国家非常富裕,
粮食堆积成山。

第四个王子名叫念答,
妻子名叫晚纳提娜,
他奉命到勐毗宰亚宛帝,
做那个国家年轻的国王。

五王子名叫乌巴念答,
妻子名叫乌达腊玛提娜,
奉命治理勐丙东宛帝,
做勐丙东宛帝的国王。

六王子名叫巴瓦腊,
妻子名叫尼迦提娜,
奉命到勐阿那林答捧,
做勐阿那林答捧的国王。

七王子名叫帕亨达,
妻子名叫苏塔尼提娜,
他们去治理勐兴罕宛帝,
做勐兴罕宛帝的国王。

七位王子娶了七位仙女,
个个美丽聪颖贤惠端庄,
王子的婚事全是外公操心,
梵天神王给外孙当红娘。

他让天庭的七位仙女下凡,
许配给七个外孙做妻子,
这是梵天神王的良苦用心,
他要让王族后裔代代相传。

曼塔杜掌伽瓦帝年事已高,
他活到九千万岁时离开人世,
转世在色究竟天梵天层,
做了梵天神。

年寿长达八万四千劫①,
长命高寿功德无量,
他受到神人共同敬重,
他得到洪福理所当然。

布塔拉扎和嫡耶摩提娜,
被十万位官员接回到故国,
从勐捧麻宛帝回到勐邦果,
继承父位成为勐邦果国王。

他们八万岁时死去,
转世到色究竟天梵天层,
也成为了梵天神,
两人年寿长达八万四千劫。

布塔拉扎和嫡耶摩提娜死后,
坦麻拉扎和嫡细达提娜也回家乡,
十万官员到勐甘那宛帝迎接,
成为勐邦果的大君王和王后。

坦麻拉扎和嫡细达提娜共理朝政,
一道治理勐邦果一万年,
死后转世在善见天②上,
年寿长达四万二千劫。

坦麻拉扎和嫡细达提娜死后,
十万位官员到勐金达宛帝,
迎回桑卡拉扎和嫡朗西丽提娜,
成为勐邦果的大君王和王后。

---

①劫:梵语"劫簸"的简称,指通常年月日所不能计算的极长时间。
②善见天:佛教用语,色界第四禅中第二天。

桑卡拉扎和婻朗西丽提娜共理朝政，
共同治理勐邦果一万年，
死后转世到善见天上，
年寿长达六万三千劫。

桑卡拉扎和婻朗西丽提娜死后，
十万位官员到勐毗宰亚宛帝，
迎回念答和婻晚纳提娜，
成为勐邦果的大君王和王后。

念答和婻晚纳提娜共理朝政，
夫妻俩治理勐邦果五千年，
死后转世到无烦天①里做毗湿奴，
念答的年寿长达三万三千劫。

念答和婻晚纳提娜死后，
大臣官员们到勐丙东宛帝，
迎回乌巴念答和婻乌达腊玛提娜，
成为勐邦果的大君王和王后。

乌巴念答和王后共理朝政，
夫妻俩治理勐邦果三千年，
死后转世到阿维哈天层里做帕勇麻捧，
乌巴念答的年寿长达二万劫。

乌巴念答和婻乌达腊玛提娜死后，
大臣官员们到勐阿那林答捧，
迎回巴瓦腊和婻尼迦提娜，
成为勐邦果的大君王和王后。

巴瓦腊和婻尼迦提娜共理朝政，
夫妻俩治理勐邦果一千年，
死后转世到阿维哈天层做帕瓦伦纳，
巴瓦腊的年寿长达一万劫。

---

① 无烦天：佛教用语，第四禅中第五天。

巴瓦腊和婻尼迦提娜死后，
大臣官员们到勐兴罕宛帝，
迎回帕亨达和婻苏塔尼提娜，
成为勐邦果的大君王和王后。

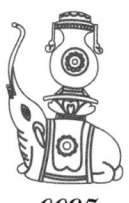

第四章

第五章
苏塔尼梦兆得子
帕亨达人丁兴旺

听吧，各位父老乡亲，
前面讲的故事不是瞎编，
阿哥都是根据前人传唱，
阿哥没有把你们欺骗。

各位年轻小伙与姑娘，
阿哥将为你们接着歌唱，
歌唱帕亨达和王后的故事，
歌唱勐邦果的新篇章。

回到勐邦果的帕亨达，
勤政爱民治国有方，
他深受臣民的爱戴，
治理勐邦果达九百万年。

美丽的婻苏塔尼提娜，
回到勐邦果已经两年，
她住在二十层塔楼上，
生活安逸幸福美满。

一天夜晚，
婻苏塔尼提娜做了个梦，
只见无数的农作工具，
在她面前翻转浮现。

奇怪的梦在她脑子里萦绕，
让婻苏塔尼提娜惶恐不安，
天刚一亮王后就急忙起床，
她把奇怪的梦境告诉夫王。

听了王后诉说离奇梦境,
帕亨达立刻传下命令,
派人召来婆罗门司祭官,
让他们为王后解开谜团。

智慧的婆罗门立即行动,
他们使出浑身解数推算,
看了时辰月份又看年份,
把加减乘除运算全用上。

婆罗门经过反复卜卦,
终于得出了精确结论,
他们立即进宫去回话,
把结果禀报帕亨达国王:

"尊敬的大王,
最负声誉的君主啊,
不必忧虑王后的梦,
王后的梦如意吉祥。

"这个梦是个美好预示,
有位多福的天神来投胎,
已经进入了王后的腹中,
大王将有位杰出的王子。"

帕亨达听后喜出望外,
赏赐了众婆罗门,
赏品有金银和各种食物,
又要求宫女们侍候好王后。

十月怀胎期满的一个夜晚,
王后生下一位可爱的男婴,
宫女忙用香水为王子洗身,
有的急忙去禀报帕亨达国王:

"尊贵的大王啊,
王后已经顺利分娩,
刚刚生下一个男婴,
现在母子一切平安。"

帕亨达高兴万分，
庆幸自己当了父王，
他赏赐金银给宫女，
还挑选了六十四位奶妈。

挑选奶妈非常讲究，
都是脱离四种罪孽的女人，
她们不高不矮不胖不瘦，
个个长得标致端正。

就在王子出生的同一天，
勐中的六万位帕雅家里，
同时生下了六万个男婴，
他们都是天神下凡投胎。

长大后都是王子的侍卫官，
帕亨达又挑选了奶妈，
去照顾那些帕雅的孩子，
他们与王子的未来相关。

王子满月这一天，
亲友们齐聚王宫，
都来为王子取名字，
这是大事得认真商议。

帕亨达和亲友们聚会王宫，
还叫来了众婆罗门司祭官，
一块为王子取个好名字，
王子的名字叫冈嘎腊。

天庭上的帕那罗延那，
知道侄子满月的消息，
便带着仙鞋神弓和宝剑，
送给侄子作为防身礼物。

冈嘎腊刚学会走路，
一天晚上王后又做梦，
这个梦同样很奇怪，
王后梦见自己抱着一大块黄金。

婻苏塔尼提娜王后诚惶诚恐,
不知道会是什么预兆,
第二天天刚亮,
她就把梦境告诉了国王。

不明所以的帕亨达,
传来婆罗门司祭官,
婆罗门算了又算,
向帕亨达跪拜道:

"奴的主啊,尊敬的大王,
这个预兆非常吉祥,
又有一位多福的天神,
投胎到王后的腹中。"

帕亨达听后高兴万分,
立即挑选合适的宫女,
让她们陪伴王后身边,
照料好王后的生活。

时间过去了十个月,
王后又生下个男孩,
宫女们为孩子接生,
用香水给孩子沐浴。

为保证孩子健康成长,
帕亨达传下命令,
挑选了六十四位奶妈,
哺育刚刚降生的王子。

六十四位奶妈很纯洁,
全都脱离了四种罪孽,
个子不高不矮不胖不瘦,
乳房丰满奶水甘甜。

王子刚刚满月的那一天,
庆贺的亲友们纷至沓来,
给王子取名字叫丙比桑,
大家心情舒畅喜笑颜开。

天上的帕那罗延那得知喜讯，
侄子满月时也从天宫赶来，
他带着仙鞋神弓和宝剑，
作为礼物送给丙比桑。

就在丙比桑出生的那天啊，
六万位帕雅家里也传喜讯，
同时生下了六万个小男孩，
他们都是天上的神仙投胎。

他们将成为丙比桑的随从，
他们也是国家未来的栋梁，
帕亨达又挑选了大批奶妈，
哺育六万个小男孩。

丙比桑刚学会蹒跚走路，
王后又在一个深夜做梦，
梦见整个南赡部洲的帕雅，
全都集中在她的住处。

这个梦更加离奇古怪，
同前面做的梦不一样，
王后不知道将是什么预兆，
她赶紧把梦境告诉国王。

帕亨达国王也疑惑不解，
立刻找来婆罗门司祭官，
对他们说了王后的梦境，
婆罗门随即进行推算。

婆罗门经过仔细推算，
很快知道是什么预兆，
他们微笑着去拜见国王，
把结果禀报帕亨达：

"奴的主啊，尊敬的大王，
这个预兆非常吉祥，
又有一位多福的天神，
投胎到王后的腹中。"

帕亨达非常高兴，
他又派人召来宫女，
让她们日夜侍候王后，
照料好王后的生活。

又是十月怀胎期满，
王后又生下一个儿子，
宫女们细心周到，
用香水给男孩洗身。

疼爱孩子的帕亨达，
挑选了六十四个奶妈，
个子不高不矮不胖不瘦，
个个胸部丰满挺拔。

奶妈们年轻美丽，
刚生了孩子还未断奶，
她们都脱离了四种罪孽，
最适合来哺育幼小的王子。

王子满月那天，
亲友们都聚集来到宫殿，
给王子取了响亮的名字，
王子的名字叫纳林答。

纳林答出生的那一天，
也同哥哥们一样光彩，
六万位帕雅家里传出喜讯，
同时生下六万个小男孩。

这都是上天的安排，
安排神仙下凡投胎，
这些孩子们长大后，
都是纳林答的随从侍卫。

国王给六万个孩子都配了奶妈，
奶妈都经过认真挑选，
让她们照顾好六万个孩子，
让孩子们个个健康成长。

接下来的几年呀,
美丽的王后美梦不断,
又生下了三个儿子,
王族人丁更加兴旺。

三个王子都取了好名字,
四王子名叫布塔,
五王子名叫坦麻,
六王子名叫桑卡。

大王子冈嘎腊年满十六岁时,
他力气很大体魄健壮,
有三头大象的神力,
英俊魁梧无人能比得上。

疼爱儿子的帕亨达国王,
给他娶了一位美丽的公主,
这位公主就是婻谢玛扎娜姑娘,
公主美丽又贤惠。

这位公主出身不凡,
也是王族中的一员,
她的父亲叫帕雅丙度桑,
在六万位帕雅中很有名望。

冈嘎腊结婚后遵从父命,
到勐萨满达做了国王,
他与妻子共同治理国家,
后来百姓都叫他帕农。

二王子丙比桑满十六岁时,
他的神力超过三头大象,
丙比桑长得英俊潇洒,
练就的武艺很高强。

看到丙比桑长大成才,
天神之王帕雅因喜在心头笑在脸上,
他要为丙比桑王子做红娘,
为他挑选合意的美丽姑娘。

他于是想起帕那罗延那,
因为他有个美丽的公主,
他把帕那罗延那找来商量,
说出为丙比桑娶亲的心愿:

"尊敬的帕那罗延那,
你的侄子丙比桑已长大,
年满十六一表人才,
本王想为他找个好姑娘。

"我有意为丙比桑做媒,
请求你把女儿许配给他,
婻迪芭玛丽是个好闺女,
许配给丙比桑最恰当。"

帕雅因的话一言九鼎,
帕那罗延那不敢不听,
他立即带上女儿下凡,
去找帕亨达国王。

他按照帕雅因天王的旨意,
让丙比桑和婻迪芭玛丽成亲,
为他们举行盛大的婚礼,
就让丙比桑留在帕亨达身边。

其实帕雅因考虑更长远,
他要让勐邦果更加富强,
他要为人世间和平作打算,
只是还没同帕亨达明讲。

再说三王子纳林答也满十六岁,
也有三头大象的神力,
纳林答已经长大成人,
年轻英俊美名天下扬。

父亲为他娶了婻晚纳公主,
是帕雅因达尚伽的女儿,
亲家也是六万位帕雅中一员,
婚后去了勐故萨宛帝当国王。

四王子布塔也满十六岁,
他也有三头大象的神力,
他还精通各种法术和武艺,
他的名气早已传遍全国。

父亲为他娶了婻韦尊腊公主,
她是帕雅阿桑开亚的女儿,
亲家是六万位帕雅中一员,
王族的血亲后裔代代相传。

父亲也没让他们留在身边,
让他们去治理勐田亚宛帝,
那个国家很有名气,
物产丰富有无数金银财宝。

五王子坦麻也满十六岁,
他也有三头大象的神力,
父亲帕亨达也为他成亲,
迎娶婻韦沙哈公主为妻。

公主父亲名叫帕雅些那伽,
都是王族血统成为亲家,
婚后夫妻两人相亲相爱,
共同治理勐捧麻宛帝。

六王子桑卡满十六岁的时候,
他的神力也相当于三头大象,
帕亨达同样为他娶了老婆,
妻子是婻温麻典蒂。

婻温麻典蒂也是一位公主,
父亲名叫帕雅咖敏答,
也是六万位帕雅中一员,
婚后同去治理勐韦沙腊宛帝。

听吧,各位父老乡亲,
各位年轻小伙和姑娘,
阿哥将继续为你们歌唱,
歌唱在勐萨满达为王的帕农。

帕农在勐萨满达当国王,
王后为他生了六个儿子,
六个儿子都身体健壮,
六个儿子都有好模样。

大王子名叫帕罗,
二王子名叫甘达来,
三王子名叫念达辛,
四王子名叫索利瓦。

五王子名叫加拉韦扎,
六王子名叫阿皮伦,
六位王子都非常可爱,
都是帕农的宝贝心肝。

六位王子长到十六岁时,
都长得俊美健壮,
都练得一身好武艺,
他们法力高超智勇双全。

他们的力气都很大,
都超过了三头大象,
再加上他们都有法力,
所以威名震慑四方。

帕罗娶媥苏帕做妻子,
她是帕雅甘纳的女儿,
是六万位帕雅中一员,
王族联姻亲上加亲。

婚后夫妻俩生活和谐,
帕农为儿子加冕之后,
派去治理勐尊腊玛尼,
当勐尊腊玛尼的国王。

甘达来娶媥苏沙丽为妻,
妻子的父亲叫帕雅依细,
也是六万位帕雅中一员,
夫妻俩都是王族的后裔。

他们加冕后也没留国内，
被派去治理勐达腊宛帝，
让他们独立掌权经受锻炼，
帕农对他们寄予厚望。

念达辛娶嫡先达丽为妻，
妻子父亲名叫帕雅苏沙，
也是六万位帕雅中一员，
都遵循王族联姻的习惯。

他们加冕后也去独立掌权，
到勐捧麻宛帝去担任国王，
这些全都是帕农的安排，
他认为独立掌权容易成才。

索利瓦娶嫡鲁韦公主为妻，
妻子是帕雅尖达的女儿，
嫡鲁韦也是王族的后裔，
父亲是六万位帕雅中一员。

他们加冕后去了勐帕版，
到那里成家立业当国王，
嫡鲁韦王后贤惠能干，
辅助夫君治理国家。

加拉韦扎娶嫡丙罕为妻，
她是帕雅昂故迪的女儿，
他们加冕后也离开父母，
去治理勐计极塔拉宛帝。

阿皮伦娶嫡苏婉娜为妻，
她是帕雅洛马迪的女儿，
他们加冕后也离开父母，
去治理勐阿毗宰亚宛帝。

纳林答是帕亨达的三王子，
治理勐故萨宛帝很有成效，
嫡晚纳王后相继生下三个男孩，
纳林答从此被称为父王。

治理勐田亚宛帝的布塔,
王后婻韦尊腊生下个女儿,
女儿取名叫做婻杰西妮,
像一朵盛开的缅桂花。

婻杰西妮到了年满十六岁,
布塔让她嫁给召①萨哈嘎帝,
他们也像父辈那样离开家,
去治理勐塔蹋腊它宛帝。

治理勐捧麻宛帝的坦麻,
王后也为他生下个女儿,
女儿取名叫婻般吉尼提,
样子长得漂亮又秀气。

婻般吉尼提年满十六岁,
坦麻让她嫁给济达奴帕,
婚后夫妻俩也离开父母,
去勐阿林答捧麻当国王。

治理勐韦沙腊宛帝的桑卡,
王后也为他生下个女儿,
女儿取名叫婻薛玛,
满十六岁时也出嫁。

桑卡让她嫁给萨帕丢瓦,
婚后被派去治理勐韦沙宛帝,
夫妻俩勤政爱民治国有方,
成为了勐韦沙宛帝的主人。

佛祖世尊讲完这段故事,
又停顿下来进行归纳,
他对着众比丘和释迦族,
意味深长地这样讲:

"智者贤人们啊,
帕亨达的六个儿子,

---

① 召:傣语,直译为主人,是一种尊称。

都安排去治理一个勐,
　　成为年轻的国王。

"至于对丙比桑的安排,
帕雅因还有更长远打算,
他要让勐邦果更加富强,
他要让人世间更加美好。"

第六章
天上人间大聚会
堂兄堂妹结良缘

现在要打开陈旧贝叶经,
叙述很久很久以前的事情,
哥要从遥远的源头说起,
才能理顺故事的脉络关系。

俗话说树有根水有源,
事情都有结果和起因,
如同川流不息的溪水,
流经山石绕过许多道弯。

亲爱的妹妹啊你要听仔细,
整个故事的脉络才会清晰,
否则如同走进深山老林,
绕了半天也找不到出山路径。

勐迦湿的国王捧麻典,
在他前面有很多兄长,
他们死后都转生再世,
投胎到高高的山顶上。

分别在七座高山上为王,
这七座山号称七金山,
围绕在须弥山的周围,
他们在那里建城立寨。

每座山都成为独立的大国,

都是阿修罗①种的夜叉②,
他们日夜巡逻守护着领地,
防备外来的任何侵犯。

且说捧麻典的长兄,
死后转生名叫帕本,
住在马耳山顶上,
建有城堡占山为王。

他身边有两个儿女,
儿子名叫阿奴帕本,
女儿名叫苏敏达,
同捧麻典孩子年龄相仿。

二哥死后转生名叫帕贡盘腊,
住在善见山的山顶上,
他有个儿子名叫阿奴贡盘腊,
还有一个女儿名叫西丽韦扎。

三哥死后转生名叫帕乾闼婆,
住在持地山的山顶上,
他有个儿子名叫阿奴乾闼婆,
还有一个女儿名叫韦舒提。

四哥死后转生名叫帕松,
住在障碍山山顶上当国王,
他有一个儿子名叫阿奴松,
还有个女儿名叫娜腊提拉。

五哥死后转生名叫帕输达丢瓦,
住在高高的持轴山山顶上,
他有个儿子名叫萨答丢瓦,
还有个宝贝女儿名叫阑玛蒂。

---

①阿修罗:梵文音译,意为"不端正"。佛经说,阿修罗男身形丑恶,阿修罗女端正美貌。②夜叉:古印度神话中的妖怪,有三种:一地夜叉,二虚空夜叉,三天夜叉。

六哥死后转生名叫帕轰嘎达莱，
住在担木山山顶上当国王，
他有一个儿子名叫维鲁腊，
还有一个女儿名叫依连塔蒂。

六位兄长共有十二个儿女，
同捧麻典的孩子年纪相近，
孩子们慢慢长大成人，
很快到了成家立业的年龄。

当他们的儿女年满十六岁，
六位君王都想念最小的弟弟，
就带着他们的子女同行，
离开七金山来到人世间。

帕本带着他的儿女，
骑着阿吉卡嘎嘀巴蜥蜴火神，
从马耳山上起程向人间出发，
火神风驰电掣地飞奔。

帕贡盘腊也带着他的儿女，
骑着阿萨拔拉哈伽答伽神马，
从善见山顶上起程出发，
神马扬蹄直奔人间勐迦湿。

帕乾闼婆也带着他的儿女，
骑上韦术提迪拔兰巴神蕉车，
他们从持地山顶出发，
前去看望他最小的弟弟。

帕松也带着他的儿女，
父子三人坐着神舆①，
从障碍山顶居高临下出发，
飞速前行不费吹灰之力。

---

①神舆：神王的车驾。

帕输达丢瓦也带着他的儿女，
坐着华丽仙车，
他们与兄长同时出发，
从持轴山上下来没任何阻挡。

帕轰嘎达莱也带着他的儿女，
骑着阿萨腊大嘀巴神马飞驰，
按约定时间离开担木山，
去把住在人间的小弟弟看望。

六位神仙从各自的山头出发，
从空中前往勐迦湿，
他们同时到达勐迦湿城，
直接进了弟弟的王宫。

捧麻典国王接到禀报，
已经早有准备，
他心里无比高兴，
在宫殿里等候六位兄长。

捧麻典已经下达旨意，
召集六万位帕雅，
还有其他的大臣等官员，
要他们进宫来服侍嘉宾。

当捧麻典见到六位兄长，
他喜形于色容光焕发，
见面后彼此亲切问候，
手足之情超乎寻常。

捧麻典热情迎接了亲人，
亲情的暖流在心中激荡，
此刻有许多话要说，
他满面笑容对兄长们讲：

"亲爱的哥哥们啊，
祝愿你们吉祥平安，
祝愿受人崇敬的神仙们，
开心地回到久别的家乡。"

众官员满心喜悦，
纷纷来到王宫大殿堂，
取来神圣的蒲团和垫子，
每件价值黄金十万两。

还取来绫罗绸缎，
价值都不可估量，
将这些铺设地面，
王宫更显得美观。

然后恭请六位大王入座，
他们的儿女也坐在一旁，
侍女们随即端来热茶，
摆放在各位面前桌子上。

前来服侍的大臣有数万，
还有无数仆人来回奔忙，
大家都来拜见国王的王兄，
向六位大王问候和祝福。

六位王子和六位公主也来拜见，
王子和公主们都还年轻，
六位伯父的到访，
让他们感到莫名其妙。

这种事说来话长，
伯父们还活在人间时，
他们都还没有出世，
家族的演变自然不知道。

如今他们前来探望父王，
都是父王的亲哥哥，
和父王是家族里同门兄弟，
手足情深无法用言语形容。

王子和公主们都很兴奋，
不知亲人究竟什么模样，
兄妹立即相约前来拜见，
见到伯父们齐齐下跪叩拜：

"尊敬的各位伯父,
侄儿女们在此向长辈们请安,
伯父们从远方回到了勐迦湿,
祝愿伯父们一路平安吉祥!"

婻玛黑术拉也前来叩拜,
拜见以帕本为首的六位兄长,
他们都是自己丈夫的亲哥哥,
身为弟媳心情愉快舒畅。

看到各位兄长带着王子和公主来到,
看到自家王族人丁如此兴旺,
王后非常高兴容光焕发,
急忙走过去向兄长们行礼请安:

"祝愿各位大王和王子公主吉祥,
祝福各位一切顺利平安,
在金色的宫殿里生活幸福,
没有忧愁像住在自己家一样。"

七兄弟相聚格外亲切欢喜,
洪福广大的捧麻典更加开心,
他带领六万位帕雅和大臣们,
向兄长们行跪合十礼。

捧麻典还下达命令,
动用众多的金银珠宝,
为各位兄长准备礼品,
给他们带回仙国去享用。

他让工匠对金银精心打造,
打造成各种鲜艳的花朵,
有盛开的帕梯花和沾巴花,
还有荷花和千瓣莲花。

有装槟榔的银盒,
还有金礼盘和银礼盘,
有镶嵌金银的长矛和长剑,
还有镶嵌珠宝的金王冠。

有镶嵌珠宝的双凤金盒,
有精美制作的双头龙,
各种装饰品应有尽有,
琳琅满目让人眼花缭乱。

这些工艺品准备完毕之后,
穿着盛装的工匠相约而来,
参加国王迎接亲人大集会,
这种大喜日子人人乐开怀。

捧麻典下令敲响吉祥大鼓,
通知全国八万四千个村寨,
所有的人都聚集到王城里,
共同分享难得的幸福时光。

大家先向六位大王敬献礼品,
接着向王子和公主们献礼品,
献礼后接着举行盛大的集会,
集会持续七天七夜热闹非凡。

参加集会的人欢天喜地,
人们都穿着节日的盛装,
所有人手臂上戴着臂镯,
手指上的戒指金灿灿。

人们弹奏着各种乐器,
还敲打铓锣和象脚鼓,
有的吹奏甘罗①和海螺,
男女青年跳舞唱歌。

有的骑马奔跑比赛,
有的表演武术杂耍,
操刀弄枪挥舞盾牌,
花样百出非常精彩。

---

①甘罗:傣族民间竹制乐器,是宫廷及佛教仪式专用的吹奏乐器。

还有的人在玩翻跟斗，
有的身体倒立手当脚行走，
有的表演上刀山下火海，
形形色色应有尽有。

有的表演走藤条，
有的玩起障眼术，
表演吞食湖中帆船，
让人看得眼花缭乱。

人们尽情地娱乐，
七天七夜才结束，
盛典集会结束之后，
民众再次敬献礼品。

民众把精美礼品呈献贵宾，
送给六位国王及其子女，
然后七兄弟才回到王宫，
兄弟一块相聚叙旧。

请听吧，各位美女，
勤劳温顺而又善良，
芬芳四溢人见人爱，
相夫教子重任担当。

如同森林中的檀香树，
枝繁叶茂遮挡住阳光，
多少动物生灵靠你庇护，
在阴凉的树下寻觅食粮。

食用芒果和鲜花，
采食豆果和蜂蜜，
啃吃鲜嫩的青草，
还躺在树下乘凉。

现在哥将继续歌唱，
哥要唱那古老篇章，
歌唱年轻人的婚姻，
让人世间充满温暖。

兄弟姐妹们还不知晓，
　　他们的未来会怎么样，
　　哥这就从头到尾讲述，
　　讲述来到人间的帕本王。

　　　话说庆典活动结束后，
帕本王心事重重愁眉不展，
他觉得来一趟人间不容易，
必须趁机办好家族的大事。

他于是把王弟们叫到身边，
准备把心事对六位王弟讲，
他的六位王弟前面已讲过，
　　他们都是同父同母所生。

　　此刻帕本王舒展眉结，
　　庄严的表情意味深长，
　　他扫视了眼前的弟弟们，
　　用温和的语气慢慢讲：

　　"请听我说，各位兄弟，
我们这个家族源远流长，
这个家族已经有无数代，
如江河奔流永远割不断。

　　"从古至今王权都是世袭，
　　王权从来不旁落外传，
祖祖辈辈都是一个血统，
　　不能有任何掺杂和异样。

　　"王族血脉要保持纯洁，
堂表后代互相联姻是必然，
　　现在孩子长大应该行动，
　　让我们的后代结对成双。

　　"为婻苏敏达灌顶加冕，
　　让她做巴拉迭瓦妻子，
为婻西丽韦扎灌顶加冕，
　　让她做巴拿捧麻典妻子。

"为婻韦舒提灌顶加冕,
让她做迭文答的妻子,
为婻娜腊提拉灌顶加冕,
让她做捧麻扎嘎的妻子。

"为婻阑玛蒂灌顶加冕,
让她做丙拔扎嘎的妻子,
为婻依连塔蒂灌顶加冕,
让她做沙嘎拉晚那的妻子。

"为婻迪芭婉娜灌顶加冕,
让她做阿奴帕本的妻子,
为婻苏婉娜捧玛灌顶加冕,
让她做阿奴贡盘腊的妻子。

"为婻芭都玛灌顶加冕,
让她做阿奴乾囡婆的妻子,
为婻尖达迭韦芭冬玛灌顶加冕,
让她做阿奴松王子的妻子。

"为婻苏甘塔洁西灌顶加冕,
让她做萨答丢瓦的妻子,
为婻苏婉纳占芭灌顶加冕,
让她做维鲁腊王子的妻子。"

他一口气将心事讲完,
他认为这样做最妥当,
让堂兄堂妹进行婚配,
让六兄弟的孩子配对成双。

五位王弟和捧麻典,
细心听帕本大哥讲,
觉得帕本说得有道理,
也符合他们的愿望。

他们互相交换了看法,
一块对帕本兄长表态,
认为帕本兄长说得好,
全按照兄长的意思办。

捧麻典随即召来众大臣，
下旨筹办孩子们的婚事，
他要求婚礼要办得特别隆重，
官员要全力以赴不得怠慢。

他还叫人到各个寨子，
召集全国所有的工匠，
人数不得少于三万，
为孩子们建造结婚新房。

工匠一个也不能少，
到齐后就开赴大山，
进深山中砍伐树木，
备齐建造宫殿所需木料。

新房要围绕王宫周围建造，
十二座宫殿要盖得一模一样，
要为孩子们举行加冕仪式，
把他们送进结婚新房。

大臣们接受任务之后，
召集百姓和能工巧匠，
百姓们不敢违抗王令，
如期到王城为王族效劳。

木匠们接受国王命令，
三万人队伍开进深山，
他们带着锋利的刀斧，
带上做好的饭团干粮。

他们还带上其他用品，
包括帐篷和换洗的衣衫，
然后背上足够的粮食，
浩浩荡荡开进大山。

砍伐队伍人数很多，
向着深山老林进发，
去执行国王的命令，
砍伐木料建造新房。

他们在山里精选木料，
砍好后交给手艺木匠，
木匠们在山里又砍又劈，
加工成适合建房的材料。

大约用了两个月时间，
所有木料都准备齐全，
百姓就用马车六万辆，
把所有木料运回王城。

由于木料在遥远的深山，
运木料用了两个月时间，
大家谁也不敢休息，
才把所有木料运完。

木料全部备齐后，
木匠们准备建盖宫殿，
他们一刻也不敢停歇，
有时晚上也接着干。

他们自带米饭和盐巴，
吃住都不用王家操办，
只需要搭个窝棚睡觉，
几个人挤在一块过夜。

运回的木料都还是粗料，
必须进行再加工才能成材，
三万多人又一起动手，
劈木头声音响成一片。

他们请来婆罗门国师，
为开工建房选择吉日，
一切事情准备完毕后，
开始建盖十二座宫殿。

新房围绕着捧麻典宫殿，
王宫周围热闹非凡，
工匠们干起活非常卖力，
没有一个人敢贪玩偷懒。

经过两个月紧张建造，
十二座宫殿终于落成，
每座宫殿都有七层高，
高低大小都一模一样。

宫殿还镶嵌珠宝和金箔，
金光闪烁甚为壮观，
宫殿周围还种上果树，
可供主人观赏和纳凉。

竣工的宫殿显得华丽美观，
一座连着一座距离一样，
十二座宫殿像画师绘就，
金碧辉煌全都一样。

宫殿里各种设施齐备，
只等入住的新郎新娘，
大臣对新房逐一检查，
然后才向捧麻典禀报：

"尊敬的大王陛下，
托国王您的洪福，
十二座宫殿已落成，
是紧密相连的金色宫殿。

"新房围绕在您的宫殿四周，
每座宫殿造型都一模一样，
高矮大小全都同一尺寸，
恭请国王前往验收察看。"

捧麻典听到大臣的禀报，
顿时心中无比欢畅，
他叫侍从拿来衣物和金银，
奖赏给三万个能工巧匠。

新宫殿全部验收合格，
捧麻典亲自给国王们写贝叶书信，
把大喜事通知一百零一勐国王，
信中的语气恳切热情洋溢：

"各位国王和帕雅王官①,
本王和以帕本为首的六王,
准备给十二对王子公主,
在勐迦湿举行结婚加冕大典。

"希望你们接到书信之后,
满足本王的美好期盼,
前来参加婚礼凑凑热闹,
为本王孩子们的婚礼增光。"

一百零一勐的所有国王,
收到捧麻典书信感到意外,
仙人结婚世上并不多见,
仔细阅读觉得非同一般。

急召大臣心腹一块商议,
让大家出谋献策畅所欲言,
这是压倒一切的头等大事,
要好好准备做得非常风光。

他们各自准备了丰厚礼物,
有许多王室的礼品,
还有结婚必须有的东西,
总算把礼品筹备齐全。

这次送的礼品比较特别,
不像常规进贡那么简单,
要非常讲究品质和数量,
还得讲究各种礼物的式样。

礼品中有一百匹马,
还有一百头公黄牛,
有一百头健壮水牛,
还要有奶牛一百头。

---

①王官:古代傣族把王族血统当官的人,称为王官。

礼品中还要有百名美女,
送进王宫去当宫女使唤,
还准备了成千上万的金银,
这些金银装满好几部马车。

这一百零一勐的国王啊,
为了筹备礼品煞费苦心,
准备齐全后总算松口气,
然后从各自国家出发前往。

他们带着自己的十万随从,
浩浩荡荡来到勐迦湿王城,
都在城外边驻扎下来,
等候捧麻典的召见。

捧麻典接到侍从的禀报,
知道各国的国王已到齐,
他这才下命令召见帕雅,
各国的国王便一块进宫。

他们进宫叩拜捧麻典国王,
毕恭毕敬地向捧麻典恭喜,
敬献所带来的礼品,
礼品价值连城多得数不完。

在所敬奉的礼物当中,
还有红檀香和金花银花,
这些礼品含义更加特别,
预示王子和公主婚姻美满。

勐迦湿国王捧麻典,
接受了众王的礼物,
他向国王们表示道谢,
愿国王们幸福吉祥!

国王们听后都很高兴,
捧麻典满意他们开心,
一个个都如释重负,
齐声回应捧麻典国王:

"尊贵的捧麻典国王,
声誉最高的君主啊,
有您的洪福庇护,
奴才们才有今天。

"祝愿您和您的家族吉祥,
生活在黄金铺盖的大地上,
永远安康没有任何疾病,
永远生活甜蜜岁岁平安。"

他们说完齐齐跪拜,
向捧麻典国王谢恩,
礼尚往来人之常情,
捧麻典也慰劳众国王。

他指派内务大臣和厨师们,
去准备美味佳肴,
犒劳一百零一国的王官将士,
让他们吃饱喝足心情愉悦。

一百零一国的国王和高官,
陪伴勐迦湿国王兄弟七人,
还有所有王子和公主聊天,
玩了一大才辞别离开王宫。

他们回到自己的营地,
放松情绪在一块玩耍,
马夫们乘此间隙喂马,
在那里等候捧麻典召唤。

勐迦湿捧麻典大王也很忙,
为十二对王子公主灌顶加冕,
这是孩子们的婚庆大事,
他要办得隆重风光。

他召来精通占卜的大师,
还有熟悉呼啦知识的司祭官,
让他们推算良辰吉日,
这是头一件大事。

捧麻典大王对他们说道:
"婆罗门司祭官们啊,
本王要为王子们灌顶加冕,
此事非常非常重要。

"你们要为本王精心推算,
选一个最吉利如意的日子,
这件事比任何一次都重要,
绝不允许有什么闪失。"

婆罗门司祭官得令后,
就从生辰八字起推算,
结合各王子公主相貌,
反反复复地仔细推敲。

最后终于推算出了结果,
大家又在一块再次商量,
确定结果准确无误之后,
才向捧麻典大王叩拜禀告:

"奴等尊敬的君主啊,
经过奴等反复推算,
选定灌顶加冕的最好日子,
在下弦月①出现的第八天。

"因为那天的日子啊,
无灾无难一生平安,
光彩祥瑞洪福积聚,
黄道吉日无可替代。"

捧麻典听完司祭官禀告,
又再三询问推算过程,
得到了满意的回答之后,
国王这才点头表示高兴。

---

①下弦月:傣历将每个月初一到十五的月相称为上弦月,把每月十六到三十的月相称为下弦月。

接着命令大臣官员,
带领众人着手筹办,
火速建造一座宫殿,
用来举行灌顶加冕仪式和婚礼。

大臣们接到命令,
非常紧张立刻行动,
带领着相关人员,
全力以赴建盖宫殿。

经过大臣们的努力,
宫殿很快建好落成,
神圣的宫殿很华丽,
符合主人的尊贵身份。

宫殿四周绿树成荫,
种着芭蕉、香蕉和甘蔗,
宫殿里悬挂着佛幡,
还有鲜艳的花束花环。

花环陪衬着华丽的宫殿,
使宫殿更加夺目生辉,
还有其他绚丽的装饰,
把宫殿打扮得像仙宫一样。

有镶嵌着花纹的金盆银盒,
盒面上还镶嵌着十二生肖,
还有各种美丽的图案,
显示出高贵又浪漫。

灌顶加冕的殿堂已建好,
那是举行大型婚礼的地方,
王子和公主们的婚礼准备就绪,
就等待吉日到来举行庆典。

到了选定的吉日,
人们从全国各地赶来,
都聚集到勐迦湿王城,
参加王子公主的婚礼。

大街小巷挤满了人，
王城里人声鼎沸锣鼓喧天，
城里的人都出来看热闹，
道路上宫廷里人流不断。

那些年轻美丽的姑娘，
脸上绽放着喜悦的光彩，
粉红的脸颊更加细嫩，
迷人的眼睛绽放出亮光。

她们显得特别兴奋，
都来参加婚礼庆典，
姑娘们都能歌善舞，
小伙子紧紧追缠不放。

英俊的小伙子特别活跃，
把手中心爱的乐器弹奏，
铓锣和象脚鼓一起奏响，
庆祝活动多种多样。

歌手尽情欢唱，
姑娘舞姿翩翩，
王宫乐队阵势强大，
各种乐器齐声奏响。

还有民间乐队也加入演奏，
五花八门的民乐非常新鲜，
他们都由各寨子自发组成，
这样的阵容比官家还强大。

有的在弹琵琶，
有的在吹甘罗，
有的在吹海螺，
有的在吹洞箫。

观看唱歌跳舞的人们，
都是些老人和小孩，
他们虽然不会参与歌舞，
却能击掌应和拍打节奏。

那些击鼓的人们，
手劲比任何人大，
有的敲打着大鼓，
有的敲打着铓锣。

有的敲打着双面鼓，
有的敲打着单面鼓，
有的敲打着铜鼓，
声音混杂非常热闹。

欢乐的人群聚集在广场，
人们兴高采烈尽情狂欢，
鼓乐声欢笑声此起彼伏，
传进了富丽庄严的王宫殿堂。

美丽的王城仿佛快被震塌，
森林里的野兽也惊慌乱闯，
十二对王子公主的婚礼庆典，
把勐迦湿变成了欢乐的海洋。

参加婚礼仪式的人进场，
宫殿里的气氛更加热烈，
人们把一切都准备妥当，
就等王子公主的婚礼举行。

七位帕雅容光焕发，
大臣官员们跟随后面，
婆罗门也跟着进入，
众多富翁也来捧场。

第一对新婚夫妻开始入场，
侍卫官在前引领新娘新郎，
他俩是阿奴帕本和婻迪芭婉娜，
两个新人手拉手来到加冕殿堂。

人们纷纷洒圣水灌顶洗礼，
礼毕后两人退出加冕殿堂，
侍卫官忙上前去引领，
带到捧麻典的王殿里面。

接着是第二对新婚夫妻,
轮到阿奴贡盘腊和婻苏婉娜捧玛,
仪式同前面一模一样,
加冕后两人被带到捧麻典的王殿里。

第三对是阿奴乾闳婆和婻芭都玛,
人们为这对新婚夫妻灌顶洗礼,
加冕后被带到捧麻典的王殿里,
完成了婚礼的第一项仪式。

轮到阿奴松和婻尖达迭韦芭冬玛,
王子和公主接受庄重的灌顶洗礼,
加冕后也被带到捧麻典的王殿里,
程序同前面三对一样。

人们又迎来下一对新婚夫妻,
为萨答丢瓦和婻苏甘塔洁西灌顶洗礼,
加冕后将他们带到捧麻典王殿里,
在那里等待婚礼仪式的第二项。

灌顶洗礼仪式不间断举行,
接着为维鲁腊和婻苏婉纳占芭灌顶洗礼,
他俩完成加冕仪式之后就退出,
卫官将他们带到捧麻典王殿里。

轮到为巴拉迭瓦和婻苏敏达灌顶洗礼,
加冕后将他们带到捧麻典王殿里,
轮到为巴拿捧麻典和婻西丽韦扎灌顶洗礼,
加冕后将他们带到捧麻典的王殿里。

轮到为迭文答和婻韦舒提灌顶洗礼,
加冕后将他们带到捧麻典的王殿里,
轮到为捧麻扎嘎和婻娜腊提拉灌顶洗礼,
加冕后将他们带到捧麻典的王殿里。

轮到为丙拔扎嘎和婻阑玛蒂灌顶洗礼,
加冕后将他们带到捧麻典的王殿里,
轮到为沙嘎拉晚那和婻依连塔蒂灌顶洗礼,
加冕后将他们带到捧麻典的王殿里。

王子和公主们灌顶加冕完毕,
都集中带到捧麻典的王殿里,
他们按顺序坐在蒲团上,
静候婚礼的下一项仪式进行。

接下来的仪式更加精彩,
由婆罗门大师献上祝词,
精通呼啦的婆罗门大师,
祝词寓意深远:

"今天阳光明媚,
今天日子吉祥,
今天是纯洁幸运的日子,
所有的灾祸逃离到远方。

"一切病痛远离身体,
一切疾病远离六脏,
让王子的威力无比,
胜过以往所有君王。

"让天下君王俯首称臣,
争先恐后前来进贡纳税,
王宫里装满金银珠宝,
财富有千箱万箱。

"破财亏损的事远远离去,
纳财发福的事来到身旁,
愿王族的后裔洪福无量,
愿王族的后裔前途光明。

"托大王的洪福,
权势更加强大,
财产更加丰富,
国家更加昌盛!

"愿大王们的威名在天下传扬,
愿勐迦湿王国更加有威望,
一百零一国的国王都来奉承,
愿我王一生幸福长寿平安!"

婆罗门的献词朗诵完毕，
结婚仪式接着进入下一项，
国王和长者起身，
给新婚夫妻拴线①祝福。

接下来接受宾客送贺礼，
最前面的是六万位帕雅，
紧接着是臣官和婆罗门，
最后是富翁和商人。

大象和马匹，
金银和各种礼品，
敬献给二十四位王族后代，
敬献给十二对新娘新郎。

王子和公主们的婚礼仪式完成后，
侍臣带着他们到各自的宫殿，
还给每位王子留下侍从，
这些侍从是美女六千名。

所有的王子都安置好后，
捧麻典想到更大的事情，
他认为庄稼不培育不会长，
王宫里的王子永远是小孩。

想要让王子们能够成才，
必须让他们去经受锻炼，
让各王子去治理一个勐，
他们才懂得怎样治国安邦。

让他们去感受王者滋味，
享受荣华富贵做人上人，
他反复琢磨后拿定主意，
向几位王兄把计划摊开。

---

①拴线：傣族在祝贺结婚或新生婴儿时举行的一种仪式。通常由年长的人将一根线拴在被祝贺的人手上，表示吉祥，又寓意为"拴魂"。

他叫来六位王兄,
同兄长们一块商量,
兄长们都觉得小弟说得对,
共同商议王子们要去的地方。

让大王子巴拉迭瓦,
去勐萨嘎拉当国王,
享受当王者的荣华富贵,
带领大臣和百姓建设家园。

他们还叮嘱巴拉迭瓦,
要有当国王的风范,
要守护那里的国土,
要处处为老百姓着想。

又安排巴拿捧麻典王子,
他神通广大法力如同神仙,
可以留在父亲的身边,
将来继承王位做国王。

他们还很看好迭文答,
他勇敢坚强前途无量,
让他前去治理勐达嘎,
到那里当王造福一方。

让英俊威武的捧麻扎嘎,
带着婻娜腊提拉一起,
到边远的勐阿连亚,
用心治理这个大国家。

那里有莽莽的原始森林,
森林里有无数的大象,
去那里享受王者富贵,
为王族保持一份荣光。

他们让丙拔扎嘎王子,
去勐巴萨当国王,
与阑玛蒂一起共同执政,
让那里的百姓幸福安康。

让沙嘎拉晚那和婻依连塔蒂,
去共同治理勐帝朗嘎,
享受那里的荣华富贵,
把国家治理得繁荣富强。

勐迦湿国王捧麻典,
心系各个管辖的地方,
给各位王子分封领地,
由大臣官员领旨操办。

他还给各国的大臣写书信,
让他们理解他的良苦用心,
让各国带领士兵和臣民前来,
迎接六位王子上任当国王。

他还昭告天下臣民,
让所有人都知晓,
省得日后生枝节,
为王子上任扫清障碍。

六个勐的大臣官员们,
接到国王的书信,
他们非常愉快和高兴,
纷纷表示欢迎新的国王。

消息迅速传遍每个国家,
臣民都喜笑颜开心欢畅,
人们聚集一起纷纷议论,
对年轻国王大加赞赏。

都说新国王很英明,
才华横溢非同一般,
新国王年轻又英俊,
国家将永远繁荣富强。

这都是发自肺腑之言,
六国大臣欢迎新国王,
他们都忙于做各项准备,
迎接年轻国王登基上任。

他们出动四兵种的队伍,
还有武艺精湛的将官,
准备为新国王保驾,
迎接新国王安全上任。

一切都准备妥当,
这才集合到王城广场,
带着贡品早早出发,
直奔勐迦湿迎接新国王。

他们跋山涉水,
穿过莽莽森林,
走了三个多月,
进入勐迦湿地界。

迎接的军队每个勐都有十万,
一路走来尘土飞扬,
他们来到勐迦湿之后,
在王城外安营扎寨。

让大象马匹吃草休息,
士兵们也休整待命,
他们休整三天之后,
这才带着贡品进城。

来到勐迦湿王宫,
去拜见捧麻典国王,
他们见到国王之后,
行跪合十礼致敬。

祝福国王健康长寿,
终身没有病痛灾难,
他们念完祝词之后,
这才敬献带来的贡品:

"奴等尊敬的陛下,
最负声誉的君王,
祝您万事如意,
祝您吉祥平安。

"在这块黄金宝地,
愿君王福寿无量,
愿君王每天吉祥,
无痛无病永安康。

"我们大家来向大王请求,
请让王子去做我们的国王,
去庇护安抚我们的百姓,
创造我国幸福的未来吧。"

捧麻典便一一应允请求,
还说了些勉励的话语,
仿佛还舍不得孩子离开,
语气里充满关心和期望:

"本王没有别的意思,
完全是为你们着想,
想到你们没有国王,
没国王的国家不像样。

"国家没有人管理,
百姓生活没有保障,
本王顺了各位心意,
满足你们的请求。

"让王子和公主到你们那里,
去做你们的国王王后,
带领你们建设美好的家园,
让百姓过上幸福生活吧。"

大臣们洗耳恭听,
等捧麻典把话说完,
心中充满感激,
这才恭敬回应国王:

"奴等衷心感谢王恩,
让王子和公主到我们那里,
去镇守江山发挥聪明才干,
奴等领旨遵命一定照办。"

然后他们就出城，
回到自己的营地，
继续休整养精蓄锐，
放牧马匹和大象。

他们等候一个月，
在城外好吃好玩，
但毕竟离开亲人，
不免都思念家乡。

他们备好大象马匹，
整理好队伍和行装，
手持鲜花蜡条①进王宫，
准备向捧麻典国王辞行。

他们向国王下跪行礼，
毕恭毕敬显出奴才相，
他们再次诚恳表态，
邀请六位王子出发：

"尊敬的国王陛下，
奴准备请王子出发，
去治理我们的国家，
到我们那里去当王。

"请国王陛下您放心，
我等会尽心尽力拥护王子，
请王子安心去管理百姓吧，
绝对不会刁难王子。"

坐在一旁的六位王子，
看着大臣们手托礼盘，
跪在地上请求的样子，
心里头顿时豁然开朗。

---

①蜡条：傣族敬供佛、神用的香，用蜂蜡和棉线制成，也用于礼尚往来。

礼盘已经送到王子们面前,
王子们心里有些不安,
他们舍不得离开勐迦湿,
更离不开自己的父王。

他们心情矛盾无法平衡,
但也能理解父王的心愿,
他们经过反反复复掂量,
才勉强伸出手接下礼盘。

使臣们告别捧麻典国王,
出城等候六位王子出行,
使臣们离开王宫之后,
捧麻典随即开始行动。

他命令击响大鼓,
向大臣发出召唤,
待大臣陆续来到王宫,
他才庄严地下达命令。

他告诉大家他的旨意,
六位王子要出发上任,
欢送的仪式要很隆重,
大家务必要全力以赴。

六位王子和六位公主,
恐怕有罪过于父母亲,
恐怕日后有罪孽缠身,
出行前要洗刷干净。

为此到各自父王母后宫里,
向父王母后拜别辞行,
请求父王母后宽恕他们,
因年幼无知的各种过失①:

---

①过失:傣族风俗,子女离开父母远行,都要向父母忏悔道歉,对之前自己的言行举止,若有过错之处,请父母原谅。

"尊敬的父王母后啊,
孩儿们就要离开父母亲,
到遥远的地方去任职,
我们特意向父母辞行。

"父母从小把我们养大,
很不容易无比艰辛,
我们有不对的地方,
请父母亲宽恕别记在心。

"在身业①方面不大注意,
经常得罪大人最不应该,
比如说走路不注意仪表,
违反规矩都是做人大忌。

"经过父母身旁时碰撞了父母,
说话没大没小冒冒失失,
也许有站在父母头顶上的时候,
这种行为肯定很不应该。

"也许在吐痰和嚼槟榔时,
不分场合或不注意仪表,
也许有时会顶撞了父母,
这都是不懂规矩的表现。

"还有口业方面也常有冒犯,
也许有咒骂父母的话语,
说的话违背了道德准则,
这种事情本来都不该发生。

"还有意业方面也有问题,
做了坏事偷偷藏在心里,
不敢承认错误改正缺点,
这个不可饶恕令人心酸。

---

①身业:佛教讲究业报,业分身业、口业、意业三种,业是造作、行动、做事,人有欲念就会造业,有业就有业报。

"若有以上言行发生,
请父王母后原谅我们,
宽恕我们过去的无知,
以及犯下的一切过失吧。"

父王母后原谅了他们,
并安慰他们别记挂在心,
说每个小孩都会犯错误,
只要改进全都烟消云散。

父母反复嘱咐他们,
别再有负罪思想,
轻装上阵去任职,
仿佛心里话说不完:

"六位爱子啊父母的心肝,
你们都已经长大成人,
即将去当国王重任在肩,
关系着国家的安危富强。

"你们千万不可掉以轻心,
父王允诺宽恕你们过错,
祝你们的国家兴旺发达,
祝你们的威力强大如神仙!"

此时的父王和母后啊,
想到孩子将成为国王,
分别送给每位王子,
几种象征王权的物品。

这些物品都是护身宝器,
它们是王冠和宝剑,
还有仙鞋和神弓,
要他们随时带在身旁。

有各种王族饰品,
还有大量金银珠宝,
有上千头的马匹,
还有水牛和大象。

六万位帕雅等候送行,
还有各国的商人高官,
这些人都已经久等,
待王子们辞行完毕才出行。

王子和公主走出王宫,
大家蜂拥而上,
此时的王宫显得格外热闹,
欢呼声震得地动山摇。

六支军队整装待发,
护送着六对国王和王后,
他们分成六部分各成队形,
前呼后拥非常风光。

六对国王和王后,
坐到各自的宝象金座上,
率领着各自的兵马,
起程离开了勐迦湿王城。

他们的捧麻典父王,
还有仙界的六位伯父,
走出王宫前来送行,
大家难舍难分热泪盈眶。

六对国王和王后离开勐迦湿,
跟随迎接队伍前行,
他们翻山越岭穿过森林,
不久到了各自的国家。

佛祖世尊讲完这段故事,
又准备小结后再转话题,
担心大家听太久会忘记,
他对比丘和释迦族王官说:

"请听吧,众比丘,
这段故事已经讲了很长时间,
捧麻典和帕本等七位君王,
他们分别住在天上和人间。

"他们为儿女加冕之后,
　又送给他们每人一个国家,
　　还送给他们许多财产,
　　　送给他们侍女和臣官。

"要他们到那里治国安邦,
　到各自的国家去当君王,
　　还送给他们许多随员,
　　　护送他们一路平安。"

第七章
受封王子喜上任
大兴土木建宫廷

ၑသၢၯၛ္
傣族英雄史诗
乌莎巴罗

ၘၐိ၇ၐၢၓပုတ္တၢၮ၆ၕကိုၯၙၘၠၮၯ၆ၛိ၀ၮၯ၆ၛိၣၯ၆ၛိၣ

且说六国的官员们，
一路跋涉不辞辛劳，
护送着六位王子，
回到了各自的家乡。

他们回到家乡后，
选择了良辰吉日，
并通告全国百姓，
要为王子举行登基大典。

让年轻的王子执掌大权，
发挥他们的聪明才干，
让国王享受荣华富贵，
把国家建设得更富强。

世事变化更新换代，
百姓们心里都明白，
大家拥护新国王，
对新国王顶礼膜拜。

大家向新国王敬献贡品，
艳丽的鲜花散发出芳香，
荷花和泽兰花艳丽夺目，
预示民众将来生活美满。

百姓还送来其他物品，
有各种各样布料绸缎，
大家敬拜之后没离开，
想看看自己的新国王。

庆典即将举行,
大臣击鼓通报,
让民众都来参加,
大家都兴高采烈。

人们穿上节日盛装,
姑娘打扮得花枝招展,
小伙子扎上新头巾,
庆典盛会热闹非凡。

人们手臂上戴着臂镯,
手指上戴着戒指,
脖子上戴着项链,
一个比一个漂亮。

人们奏起乐器,
有的敲锣打鼓,
有的吹海螺,
响声传遍四方。

有的弹琵琶,
有的吹甘罗,
有的弹起木琴,
有的放声歌唱。

有的跳起孔雀舞,
有的打起了傣拳,
一时间鼓乐齐鸣,
鼓乐声震天动地。

似乎天会被震塌,
仿佛地会被震陷,
普天下一起欢乐,
举国上下歌舞升平。

各国的老百姓都来庆祝,
大集会热闹非凡,
庆典持续了七天七夜,
人们才慢慢散去。

人们以这种庆祝方式，
一起向国王和王后祝贺，
祝贺新国王登基上任，
祝贺新国王带来国泰民安。

新国王登基大典结束，
大臣们聚在一块商量，
为国王和王后建造新宫殿，
这是规矩每任国王都一样。

首辅大臣下达命令，
宽广的王城要万象更新，
新国王已经上任，
建造新王宫理所当然。

这是自古以来的规矩，
我们都不能违反，
国家大事大家都有责任，
建造新王宫责无旁贷。

需要召集六百名木匠，
到森林里去砍伐木料，
建造王宫人人有份，
百姓也要无偿作贡献。

百姓们接到命令，
相互转达相约而来，
他们带着大刀斧头，
还带着酸菜和饭团。

有的还带猪肉和虾酱，
吃的用的一应俱全，
所有的东西都准备好，
一起进森林砍伐木料。

人们走进森林，
越过沟壑高山，
精心挑选木料，
迅速砍伐没人偷懒。

树木一棵棵被砍倒,
横七竖八堆积如山,
工匠们就地加工,
将圆木材劈成方木料。

有的木匠开始凿榫眼,
拉回城就可以搭建殿堂,
大家用了一个月的时间,
把所有木料都加工完成。

又花了大约一个月时间,
用牛车把木料拉回王城,
木料全运到城里之后,
新王宫的建设准备启动。

首辅大臣请来司祭官,
为建新王宫选择吉日,
选择的吉日到来,
新王宫破土动工。

经过一个月的施工,
新王宫终于建造完成,
新王宫用珠宝和金子装饰,
显得很有气派富丽堂皇。

工程还没全部结束,
他们接着又建议事厅,
议事厅非常重要,
是商议国家大事的地方。

议事厅也很快完工,
工艺完美非常宽敞,
他们又精心装修,
镶嵌上金银和珠宝。

全部工程完工之后,
就向首辅大臣禀报,
首辅大臣非常满意,
又立即召来司祭官。

要他们选择良辰吉日,
为王宫启用举行仪式,
这都是约定俗成的规矩,
屋宅启用选吉日很重要。

司祭官们开始推算,
观察十二星宫运行,
当运行到君王宫时,
认定是最好的吉日。

日子选定之后,
又把时辰推算,
时辰终于选定,
大臣们这才心安。

他们选定的时辰,
最为吉利吉祥,
具有无尽福气,
寄托国家鸿运。

他们将为国王举行登基大典,
同时举行新王宫落成典礼,
大臣们于是觐见新国王,
禀报大典准备情况。

国王听后点头同意,
大臣们又忙着筹办,
他们经过紧张准备,
终于把事情全部做完。

就在登基庆典这天,
王宫里又热闹非凡,
婆罗门和富翁们一块跪拜,
恭请新王和王后进入新房。

还有一万六千名美貌宫女,
也全部住进新王宫,
她们要服侍国王王后起居,
日夜守候在国王王后身旁。

老臣把大权交给国王,
无病无灾去安度晚年,
从此他们闲来无事可做,
把身体洗刷得干净清爽。

看得出他们年事已高,
治理国家力不从心,
在王国里休闲生活,
晚年日子顺心舒畅。

话说捧麻典的六位宝贝公主,
她们是婻迪芭婉娜和婻苏婉娜捧玛,
婻芭都玛和婻尖达迭韦芭冬玛,
还有婻苏甘塔洁西和婻苏婉纳占芭。

都要跟随丈夫回国,
回到各自管辖的神山,
她们去告别自己的父母,
把离别的心里话细讲。

捧麻典和婻玛黑术拉,
见女儿也要离开无比心酸,
端坐着接受公主们的忏悔和道歉,
女儿请求父王母后宽容原谅:

"孩儿们尊敬的父王和母后啊,
我们就要随自己的丈夫去远方,
特意来向父王和母后告别,
向父母双亲道歉认错洗去罪孽。

"如果我们有什么过错,
得罪父王母后的地方,
皆因孩儿年少不懂事,
才会对父母无礼莽撞。

"不管做错什么事情,
做得不符合传统习惯,
或是行为粗俗不合规矩,
敬请父王母后给予原谅。"

国王和王后静坐细听，
然后伸出高贵的手，
轻轻抚摸女儿和女婿后背，
用亲切的口气对他们讲：

"父母心爱的孩儿们啊，
父母已经原谅了你们，
希望孩儿们去到神山之后，
孝敬公公和婆婆。

"当个贤惠的妻子，
辅助自己的丈夫，
治理各自神圣的国土，
愿孩儿们都幸福安康。"

捧麻典的六位兄长，
下山的时间已不短，
也来向他们的王弟辞行，
深情地同弟弟和弟媳告别：

"亲爱的捧麻典王弟啊，
我们父子将一块回神山，
也要告别王弟和弟媳你俩，
谢谢你们能成全孩子婚姻。

"希望你们日子越过越好，
永远生活幸福吉祥，
任何灾难和危险，
都不会靠近你们身旁。

"没有任何痛苦和烦恼，
影响你们的身体安康，
十万年也没任何疾病，
你们永远身体健康。"

小弟捧麻典听了之后，
心里非常难受泪湿双眼，
兄弟们聚会一次不容易，
要分别了心里无比留恋：

"衷心谢谢六位兄长,
来告辞回到自己家乡,
回去陪伴嫂子们生活,
建设管理自己的家园。

"希望所有不幸和忧愁,
全都不要来接近兄长,
所有的疾病和痛苦,
都远离千万庹远。"

他说后吩咐首辅大臣,
去准备礼物赠送各位兄长,
然后向他们一一道别,
兄长们就起程返回神山。

现在哥要叙述六神王回山,
他们是神仙同凡俗不一样,
他们都不用坐马车或走路,
也不用骑马或骑高头大象。

帕本带着儿子和儿媳,
飞上天空腾云驾雾,
像一阵风神速飞行,
很快回到自己的地方。

他回到家乡之后,
天天赶摆集会作乐,
有时也飞上天庭,
去拜会天王帕雅因。

帕贡盘腊也带着儿子儿媳,
飞回自己管辖的神山,
路途中都没有停下来休息,
没多久就回到居住的地方。

老三帕乾闷婆也不走路,
他带着儿子和儿媳妇同行,
父子三人腾空而起不停飞翔,
回到自己管辖的山顶上。

帕松带着儿子和儿媳妇,
腾云驾雾飞翔在天空中,
他们向着自己国家方向飞行,
很快回到自己管辖的地方。

帕输达丢瓦也带着儿子和儿媳,
飞回到自己管辖的山顶上,
帕轰嘎达莱也带着儿子儿媳,
飞回到自己的神山。

哥的故事还没讲完,
现在要叙述六位仙女的故事,
讲述她们与堂兄喜结良缘,
跟随堂兄到了高高的神山。

她们都是从天上下凡,
投胎转世成为捧麻典的公主,
她们带来了各种各样的仙食,
送给自己亲爱的夫君享用。

几个仙女都很贤惠,
对丈夫体贴入微,
夫妻俩形影不离情意绵绵,
同床共枕心情无比欢畅。

六对夫妻虽由父母主婚也是姻缘,
婻迪芭婉娜和阿奴帕本结为夫妻,
婻苏婉娜捧玛嫁给阿奴贡盘腊,
阿奴乾闷婆娶婻芭都玛。

婻尖达迭韦芭冬玛嫁给阿奴松,
婻苏甘塔洁西与萨答丢瓦结婚,
维鲁腊娶婻苏婉纳占芭做妻子,
六对夫妻都很般配彼此也喜欢。

婻迪芭婉娜跟随自己的丈夫,
经常参加帕雅因举办的盛会,

那盛会在欢喜园①举办很热闹,
他们每天很开心没有任何烦恼。

婻苏婉娜捧玛是阿奴贡盘腊的妻子,
她跟随丈夫到天庭里侍奉四大天王,
虽然忙碌日子却过得非常充实,
天堂风光秀丽没有任何忧虑。

婻芭都玛是阿奴乾闷婆的妻子,
她跟随丈夫去侍奉帕雅塔达拉蹋,
天堂的事情不用亲手做,
侍奉老人其实也很清闲。

婻尖达迭韦芭冬玛嫁给阿奴松,
她跟随丈夫日子过得开心,
他们每天去侍奉帕雅因,
经常在欢喜园游玩很开心。

婻苏甘塔洁西是萨答丢瓦的妻子,
她每天跟随丈夫去侍奉帕雅因,
经常去欢喜园里参加盛会,
小夫妻日子过得无比甜蜜。

婻苏婉纳占芭是维鲁腊的妻子,
她与丈夫去侍奉帕雅塔达拉蹋,
他们的日子其实很清闲,
也经常去天堂仙境游玩。

这六位公主也都是仙女,
她们和自己的丈夫一样,
享受着神仙的财富和欢乐,
无忧无虑不用操心柴米油盐。

至于婻玛黑术拉王后,
她是帕本神王的弟媳妇,

---

①欢喜园:又名欢乐园,为切利天帝释四园之一,在喜见城外北方,一切天人到此,就自然而然地生起欢喜的心情来。

每天都要做仙界的食品,
侍奉自己的丈夫捧麻典。

她还做仙界的衣物饰品,
给自己的丈夫穿着使用,
她是个非常贤惠的妻子,
不像其他王后高高在上。

帕本的女儿婻苏敏达,
是帕雅巴拉迭瓦的妻子,
她和丈夫生活在勐萨嘎拉,
生活过得非常惬意。

婻西丽韦扎嫁给巴拿捧麻典,
她和丈夫一起生活在勐迦湿,
勐迦湿管辖一百零一个国家,
享受着盟国的丰厚进贡。

帕乾闵婆的女儿婻韦舒提,
做了迭文答的妻子之后,
同丈夫一起治理勐达嘎,
他们重任在肩不敢偷闲。

帕松的女儿婻娜腊提拉,
是帕雅捧麻扎嘎的妻子,
她和丈夫一起治理勐阿连亚,
他们非常勤奋深孚众望。

帕输达丢瓦的女儿婻阑玛蒂,
做了丙拔扎嘎的妻子之后,
她和丈夫一起治理勐巴萨,
得到国内臣民的拥戴。

帕轰嘎达莱的女儿婻依连塔蒂,
是沙嘎拉晚那的贤惠妻子,
她和丈夫一起治理勐帝朗嘎,
理顺复杂关系实现国泰民安。

这六位王后也都是仙女,
她们品行端庄都是良妻,
她们把仙界的食物给丈夫享用,
把仙界的衣物给丈夫穿着。

听吧,
我的故事还没讲完,
现在我要继续讲述,
往下的故事更精彩。

我要讲六万位帕雅的故事,
讲述他们的命运和婚姻,
讲述他们的聪明和才干,
还有他们与老百姓的友情。

王子们都很英明,
个个聪明能干都是天才,
有位名叫昆辛的王子,
去治理管辖勐阿柯傣。

还有一位王子名叫昆占,
他是帕雅冈萨的儿子,
他已经长大成人,
到了结婚的年龄。

帕雅苏答萨那的女儿,
名叫般扎利,
公主也到了结婚年龄,
她嫁给昆占两人成为夫妻。

昆占王子结婚之后,
胸怀大志很有抱负,
他和妻子一块到勐布拔瓦帝,
带领民众使国家变得富强。

还有一位王子名叫昆松,
他是帕雅苏答萨那的儿子,
他娶帕雅细利瓦的女儿,
王子娶公主合乎情理。

公主名叫翁梦，
两人相爱结成夫妻，
结婚之后夫唱妇随，
共同治理勐达腊兰拔。

还有位王子叫昆达来，
他是帕雅阿牙都蹋的儿子，
他娶帕雅阿奴拉塔的女儿，
公主配王子门当户对。

公主的名字叫做占罕，
两人结为夫妻恩恩爱爱，
婚后一起去治理勐拉南，
成为勐拉南的国王和王后。

还有位王子名叫昆庄，
他是帕雅巴鲁塔的儿子，
他娶帕雅术腊些拿的女儿，
王子和公主成为夫妻。

公主名叫慕香，
婚后夫妻生活幸福，
夫妻一起去治理勐金，
把勐金治理得像模像样。

还有一位王子名叫昆宝，
他是帕雅梭念答的儿子，
他娶帕雅呙赖亚的女儿，
也是王族后代结为夫妻。

公主名叫婻拉扎提娜，
婚后夫妻俩不弃不离，
他俩一起去治理勐安提亚，
住进勐安提亚国王的殿堂。

还有一位王子名叫昆侬莱，
他是帕雅些纳迦的儿子，
娶帕雅念答兰的女儿婻杰西尼，
成亲后小夫妻心情舒畅。

公主聪明能干，
婚后夫妻俩有商有量，
他俩一起治理勐阿利拔，
夫唱妇随成为一对好搭档。

还有一位王子名叫昆撤，
他是帕雅腊塔些的儿子，
他也已经成亲，
妻子名叫婻晚纳。

她是帕雅尖达巴佐的女儿，
这位公主长得非常漂亮，
两人加冕结为夫妻，
共同治理勐盘杂拿瓦帝。

还有一位王子名叫昆香，
他是帕雅厄伽腊拉的儿子，
他娶帕雅术念达鸾的女儿，
夫妻生活很美满。

公主名叫苏瓦吉达，
是父王母后的宝贝心肝，
夫妻俩没离开本土，
一起生活在勐迦湿。

父老乡亲请听我继续唱，
我的歌一次不能唱太长，
我唱累了要歇一会，
喝口水接着再唱。

佛祖世尊讲完这段故事，
又戛然而止将故事中断，
他要对前面故事进行小结，
对众比丘和释迦族王官们讲：

"众比丘啊，
因为六位王后都是神仙之身，
她们吃的是仙界的食物，
她们去仙界取来与丈夫共享。"

第八章
前世姻缘来作孽
畸形婚恋不光彩

ၓ သသၢ ၸၢ ၼ့ၳ
傣族英雄史诗
乌莎巴罗

ၘႅ ၍ ၈ ၊ ၸေႃႈေတႃႈၵမ်ႉပ်ၺေၵၢတ်ႈၵဵၼ်ႇ
ပၵ်ၵၼ်ႇ၁ၵ်ၵၼ်ႇ၁ၵ်ႇ

在这里我要讲一段插曲,
诉说王族中的婚姻事端,
虽说插曲与现任国王无关,
却对他今后的命运有影响。

这插曲讲的是王族内部婚事,
为了权力置伦理道德于不顾,
他们不在乎世人的辱骂耻笑,
我行我素实在太荒唐。

为了王族权力不向外传,
就怂恿姨表联姻结成双,
甚至姐弟兄妹也配成对,
母亲和儿子双双进洞房。

这现象不多偶有发生,
母子婚恋的奇闻向外传,
百姓议论王族婚姻荒唐,
王室充耳不闻反倒心安。

深山野林密如网,
藤条盘绕树干上,
藤要盘树无奈何,
只好听便顺自然。

有权有势管天下,
无权无势被人管,
王族权力要守住,
落入外人就麻烦。

明知近亲联姻不大好，
为了权力只能这样办，
母子结婚实在太荒唐，
国王充耳不闻也泰然。

奇闻传遍平坝和高山，
老祖宗也不知怎么办，
如此作为似乎没人性，
这世道不知有何伦理讲？

畸形婚恋有思量，
不容财富和权力向外传，
母子婚配守住了大江山，
王族江山才能万年长。

公说公有理，
婆说婆有理，
只要王族江山在，
母子婚配不稀奇。

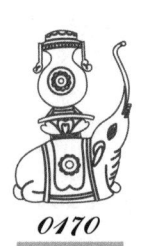

故事还得从头仔细讲，
那是经书里面的一章，
它发生在帕雅族群里，
是六万位帕雅中的一员。

帕雅有权有势是王者，
奢侈享受称雄一方，
故事发生在勐迦湿国度里，
勐迦湿管辖的一个小国王。

这位帕雅非常阔气，
名字叫做西利晚那弯，
他有一万六千名宫女，
宫女个个美貌像天仙。

他娶了十二位公主做妻子，
可是十二位妻子都先后去世，
不得已他又去勐罗麻迪国，
娶帕雅尖达拉扎的公主为妻子。

他的妻子才十六岁,
名字叫婻西丽温玛,
公主长得姣美妩媚,
就像仙女一样可爱。

两人结为夫妻后,
婻西丽温玛很快就怀胎,
十月怀胎期满后,
王后生下个小男孩。

孩子长得英俊又好看,
王族为他取名很繁忙,
儿子有金子般的光泽,
取名就叫因达巴。

王子长到七岁那一年,
不幸的事儿从天降,
国王突然患重病,
不久寿终上天堂。

留下孤儿寡母俩,
相依为命度时光,
时间一年又一年,
王子满了十六岁。

王子到了娶亲的年龄,
他看遍远近所有姑娘,
可是左一个来右一个,
没一个女子他看得上。

王后也感到很纳闷,
儿子的婚事令她伤脑筋,
倘若儿子娶了个外家人,
难保王族的财富和江山。

再说王后年届三十六,
好像十六岁的小姑娘,
她的肌肤细嫩白里透红,
如同未出嫁的少女一样。

母子朝夕相处王宫里，
同吃一桌饭同睡一张床，
母子同床从小成习惯，
不料王儿爱上母后亲娘。

儿子的相貌像死去的国王，
母后见到儿子仿佛见夫郎，
母后为此也爱上了亲儿子，
爱情的火花从此悄悄点燃。

母后心里有顾虑，
亲子怎能当情郎？
无奈爱火烧得旺，
终于双双入洞房。

母子结为夫妻成双对，
仿佛同龄的夫妻一样，
王子继承父业和财富，
成为这个国家新国王。

母子俩生儿又育女，
头胎生了个小姑娘，
父亲给女儿取名般扎丽达，
女儿长相像母亲。

此后又过两个年头，
母子俩生了个小男孩，
男孩取名字要慎重，
必须按王族规矩办。

占卜师用孩子生辰推算，
给男孩取名叫尖达巴，
尖达巴是王家的后代，
父母为此心情很舒畅。

转眼又过了十六年，
尖达巴已长大成人，

他英俊壮实又潇洒,
世上美男子都比不上。

尖达巴到了娶亲年龄,
王族亲戚都为他奔忙,
挑来全国所有的美女,
孰料没一个他看得上。

尖达巴只爱亲姐姐,
他想娶姐姐当妻房,
般扎丽达公主也爱弟弟,
只愿嫁给弟弟做新娘。

姐弟对此不知耻,
他们说父母为他俩做榜样,
既然母子可以结婚成夫妻,
姐姐嫁给弟弟又何妨?

他们说母亲本是老奶奶,
奶奶和母亲同一个人当,
只要能保住地位和财富,
弟弟娶姐姐比娶外人强。

父母听儿女的一席话,
无法反对姐弟结成双,
虽说心里有些不乐意,
无奈自己已做出榜样。

父母同意姐弟的心愿,
姐弟结为夫妻进洞房,
姐弟俩对此很满意,
亲上加亲满脸荣光。

这母子夫妻也有说法,
他们的理由非常简单,
说婚姻大事全是缘分,
生死百回也不可逆转。

夫妻俩对佛祖很虔诚,
准备了八资具①供品,
还有各种僧侣用的礼物,
各种食物一应俱全。

这畸形婚姻已有两代,
究竟要几代才能完?
四人一道进佛寺,
求教真谛解疑团。

佛祖是世上万能之主,
能看透人生十万年,
他听到询问后不吭气,
让他们去领会佛经的真谛。

"前世你们同献一本经,
同杯滴水下地求神仙,
今生今世有应验,
前世姻缘今世才重现。

"上上下下五千年,
是生是死早安排,
是分是离天注定,
这就是前世有缘。"

佛祖说的佛典教义最灵验,
比如婻西丽温玛到富翁家投胎,
这就是她命中注定有运气,
她享尽荣华有八十亿家财。

世上每个人都想有钱,
钱财获得却不会随心所想,
婻西丽温玛是个千金小姐,
她今世应验是前世积德行善。

---

①资具:佛教中指僧人的日用器具。八资具指:外衣、上衣、内
衣、腰带、钵盂、剃刀、针、滤水囊。

婻西丽温玛的丈夫也是一样,
前夫和后夫都是富家的一员,
他们都拥有八十亿的财富,
今世成为夫妻都是前生结的缘。

信佛念经要虔诚,
滴水献经要不断,
前生前世祈盼事,
今生今世如愿以偿。

婻西丽温玛是个虔诚信徒,
她献经滴水神情专注不间断,
她前生前世就有意愿,
跪在佛祖前表白不隐瞒:

"亲爱的夫君啊,
我俩生生死死不分开,
不管轮回转世多少年,
我永远在你的身旁。

"活在世上我做你的妻子,
死后到阴间我同你做伴,
如果你投胎回到人世,
即使亲儿也嫁给你当婆娘。

"我虔诚地向佛祖发誓,
决不让你娶别的姑娘,
除了你我不嫁任何人,
也不让别的女人与你同床。"

因达巴也发誓:
"滴水下地天作证,
生生死死我俩不分离,
我要把你视为宝贝心肝。

"不管死后你轮回变什么人,
即便你投胎成为我母后娘娘,
或是同宗同族的亲戚,
我也要娶你为妻房。"

此后不知过了多少年,
上上下下有几千万年,
他们轮回转世到人间,
俩人真成母子夫妻同床睡。

他们的夫妻关系很难堪,
但又无法改变人生这一段,
如果要改变这层畸形关系,
只能重新拜佛才能了断。

后来他俩又一齐来拜佛,
跪在佛祖面前表明心愿,
要布施圆满波罗蜜,
同端一杯清水点点滴:

"求神佛保佑我们俩,
来生来世同住一房,
生生死死不分离,
永远永远做夫妻。

"请佛祖开恩保佑,
让我俩来世再结为一双,
如今我俩母子夫妻无怨恨,
来世夫妻恩爱万年长。

"请求佛祖巧安排,
来世我俩辈分要一样,
母子夫妻被人讥笑,
同父同母也不妥当。

"结为夫妻要符合规矩,
如今状况有点荒唐,
让我俩体面结为夫妻,
满足我俩的共同愿望。"

他俩把心愿许完,
一道滴水跪拜无数回,
最后口念"沙蜜、沙蜜、沙蜜",
才双手合十向佛祖祈求。

母子畸形婚恋的故事，
　　到这里我已全部唱完，
　　究竟他们今后有何报应，
　　我在这里也不好讲。

　　只要记住佛祖的教诲，
　　不做缺德事就有好回报，
　　奇闻奇事我不想讲太多，
　　考虑到前因后果才插这一段。

　　如果你们还想再听，
　　接下来我再唱另一章，
　　精彩动听的歌儿啊，
　　要一段一段慢慢唱。

　　畸形婚恋太荒唐，
　　为此佛祖世尊神情严肃，
　　面对众比丘和释迦族们，
　　讲完这段故事后说：

　　"众比丘啊，
　　且说婻西丽温玛和因达巴母子俩，
　　他们都同样有着非常美丽的容貌，
　　母子俩就像同龄夫妻一样。

　　"相互爱恋结为夫妻，
　　这全是前世姻缘所致，
　　但畸形婚恋很不光彩，
　　也给因果报应埋下祸根。"

第九章

恃强凌弱无道理
胡作非为为哪般

上章的故事不是滋味，
其中有甘甜也有辛酸，
如同佛祖世尊小结时所说，
也给因果报应埋下祸根。

不要赞美母子姐弟错爱成婚，
更不要无端胡闹去效仿，
下面哥要转向新话题，
讲一讲众国王的力量。

听吧，
柔情似水的姑娘啊，
如八月的湄南荒河水相随，
如广阔的天地般永远相伴。

哥现在要叙述的故事，
是关于勐迦湿的捧麻典国王，
他的威力无人能比，
他的力量超过七头大象。

他所用的萨哈萨它麻弓，
要一千人才能拉得动，
他射出弓箭的响声，
如万钧雷霆一般。

他能念出神奇魔咒，
吐出火焰能烧毁一切，
他还有无数的士兵，
他是天下独尊举世无双。

巴拉迭瓦也有无穷力量，
可以超过三头大象，
能够拉动萨哈萨它麻弓，
他的性格无比坚强。

他的父王捧麻典，
让他治理勐萨嘎拉，
拥有九百万的军队，
人数众多兵强马壮。

巴拿捧麻典也非弱辈，
他有三头大象的力量，
能使用萨哈萨它麻弓，
而且他非常精明能干。

捧麻典让他留在身边，
共同治理勐迦湿，
捧麻典对他言传身教，
巴拿捧麻典深孚众望。

迭文答也非同小可，
他有三头大象的力量，
能使用萨哈萨它麻弓，
威力强大令人赞叹。

他的父王捧麻典，
让他治理勐达嘎，
还给他九百万的军队，
让他保卫那里的江山。

捧麻扎嘎也力大无比，
力量超过三头大象，
能拉开萨哈萨它麻弓，
世人对他刮目相看。

他的父王捧麻典，
让他治理勐阿连亚，
并带领九百万的军队，
保卫江山不受侵犯。

丙拔扎嘎的力量也很大，
　　同样超过三头大象，
也能使用萨哈萨它麻弓，
　　本事赶上他的几位兄长。

　　他的父王捧麻典，
　　　让他治理勐巴萨，
　　同样给他一支军队，
　　　人数也是九百万。

沙嘎拉晚那也有惊人力量，
力气之大也超过三头大象，
也能使用萨哈萨它麻弓，
跟他的兄长们技艺相当。

　　他的父王捧麻典，
　　让他治理勐帝朗嘎，
　同样给他九百万军队，
　　　保卫国家的安全。

　　婻苏敏达是位仙女，
　她的力气超过男子汉，
　　不仅有美丽的容貌，
　更有一头大象的力量。

婻西丽韦扎也是位仙女，
　　不仅有丰满的胸脯，
　　而且力气也非常大，
　　可以超过一头大象。

　婻韦舒提也是位仙女，
她举止文雅落落大方，
　　　还有极美的容貌，
她也有一头大象的力量。

婻娜腊提拉虽嫁到人间，
　　其实她也是位仙女，
她不仅有极美的容貌，
力量也超过一头大象。

婻阑玛蒂也是位仙女，
容貌姣美力大非凡，
她的力气也超过一头大象，
像个勇敢强悍的男子汉。

婻依连塔蒂也是位仙女，
她容貌姣美武艺超群，
力量也有一头大象那么大，
男人见了都会同声惊叹。

现在哥要详细叙述，
让故事线索清晰，
情节发展明明白白，
主次分明不会混乱。

昆辛带着妻子婻西丽布迪，
夫唱妇随去治理勐阿柯傣，
他也有三头大象的力量，
而且很有计谋善于打仗。

他能使用萨哈萨它麻弓，
他拥有九百万的军队，
兵强马壮势不可当，
守卫国土固若金汤。

昆占带着妻子婻般扎利，
共同治理勐布拔瓦帝，
他也有三头大象的力量，
是一位万夫不当之勇将。

他能用萨哈萨它麻弓，
也拥有九百万军队，
保卫国土防止外敌入侵，
守护边防如同铜墙铁壁。

昆松也带着妻子婻翁梦，
治理北方的勐达腊兰拔，
保卫国家安全，
不让任何敌人来侵犯。

他也有三头大象的力量，
也能用萨哈萨它麻弓，
也有九百万的军队，
他武艺高强力大无穷。

昆达来和妻子婻占罕，
共同治理勐拉南，
他也能用萨哈萨它麻弓，
力量之大也超过三头大象。

他有九百万的军队，
镇守在王城和边关哨卡，
军队对国家非常忠诚，
保卫领土不被敌人侵犯。

昆庄带着妻子婻慕香，
夫妻共同治理勐金，
他也能用萨哈萨它麻弓，
也有三头大象的力量。

他管辖着那里的国土，
也有军队九百万，
他的兵力非常强大，
守卫边疆严防敌人来犯。

昆宝与妻子婻拉扎提娜，
共同治理勐安提亚，
他也有三头大象的力量，
军队也有九百万。

昆侬莱带着妻子婻杰西尼，
夫妻俩非常恩爱不离不弃，
他俩一同去治理勐阿利拔，
爱民如子老百姓都服他管。

他也能用萨哈萨它麻弓，
他的力气也超过三头大象，
他拥有九百万的军队，
保卫勐阿利拔国泰民安。

昆撒也带着妻子嫡晚纳，
一同治理勐盘杂拿瓦帝，
同样有三头大象的力量，
敌人见到他闻风丧胆。

他也能用萨哈萨它麻弓，
军队数量也有九百万，
军力雄厚武器精良，
国家物产丰盛日臻富强。

昆香留守在勐迦湿城，
他与妻子嫡苏瓦吉达，
日夜保卫着国王安全，
在国王身边生活美满。

他的力量也非常大，
力气超过三头大象，
他还能在空中施法，
扑灭地上大火不简单。

因达巴住在自己的国家，
他带着妻子嫡西丽温玛，
虽说他的婚姻不光彩，
捧麻典却经常重用他。

他能用萨哈萨它麻弓，
他的力量超过三头大象，
他得到捧麻典的青睐，
经常被召进宫中处理大事。

因达巴的儿子尖达巴，
也有三头大象的力量，
像父亲一样擅长拉弓射箭，
被捧麻典要去当侍卫官。

他统领国王的贴身卫士，
卫士的人数总共有六万，
他和妻子般扎丽达是姐弟，
小两口生活幸福不愁吃穿。

且说赫赫有名的六万位帕雅,
他们都具备三头大象的力量,
全都擅长拉弓射箭,
个个都是英雄好汉。

现在哥还要继续往下讲,
说说人的力量究竟有多强,
这就是一山更比一山高,
说出来你会觉得不可思量。

本领更强的确实另有其人,
他们是帕本和帕贡盘腊,
还有帕乾闼婆和帕松,
以及帕输达丢瓦和帕轰嘎达莱。

要讲他们的力量究竟有多强,
只能拿各种大象来打比方,
九千头成年公象的力量,
才等于一头巴拉哈伽象的力量。

九千头巴拉哈伽象的力量,
才等于一头先答象的力量,
九千头先答象的力量,
才等于一头乌波萨蹋象的力量。

九千头乌波萨蹋象的力量,
才等于一头路卡丢瓦拉象的力量,
只要用品种不同的大象打比方,
才知道力气大的人有多强。

就拿路卡丢瓦拉象来比方,
这六个人中的任何一个,
力量都大得不可思量,
超过了九千头路卡丢瓦拉象。

这六个人还无所不能,
威力比任何人都大,
他们还精通各种法术,
这些法术都无法抵挡。

因此啊,
佛祖世尊讲到这里又停下,
他无比激动感慨万千,
他对比丘们讲:

"众比丘和王官们啊,
那个帕本能够施法,
喷射火焰让大地燃烧,
烧遍世间各地。

"那个帕贡盘腊也能施法,
他的法术离奇无法抵挡,
能变出很多毒蛇缠绕一起,
布满整个天空和大地。

"这景象十分恐怖,
会令人毛骨悚然,
会令人不寒而栗,
连勇士们也畏惧。

"那个帕乾闼婆也能施法,
能变出无数只金翅鸟,
金翅鸟飞满整个天空,
挡住阳光让世间昏天黑地。

"金翅鸟到处乱啄乱叮,
把人啄死后当食粮,
人见了恐惧得发抖,
再有本事也无法躲藏。

"那个帕松也能施法,
让大地和天空布满虎豹,
穷凶极恶的虎豹乱咬乱抓,
成群结队令人胆寒。

"虎豹到处乱闯,
抓到人就吃掉,
人见到后无法躲避,
只能坐以待毙。

"那个帕输达丢瓦也令人恐怖，
　　　　他也能施法变法，
　　　　他玩的是另一招，
　　　　这一招更加怪异。

　　"他能让天空布满刀剑，
　　　　刀剑会乱刺乱砍，
　　把人的脚都刺破砍断，
　　失去双脚的人无法动弹。

　　"帕轰嘎达莱也能施法，
　　　　他的法术更加怪诞，
　　变出荆棘和尖利竹签，
　　把大地和天空全插满。

　　"荆棘和竹签乱刺乱扎，
　　　人们穿着皮衣也无法抵挡，
　　　人们叫天不应入地无门，
　　无处逃避只能对天哀叹。"

　　　　现在哥要继续往下讲，
　　　　　讲述他们如何逞强，
　　　　　讲述他们如何残暴，
　　　　讲述他们带来的灾难。

　　　　这些来自经书的故事，
　　　　　哥要讲给大家听听，
　　　　不是哥编来骗妹妹，
　　　　经书里全部有记载。

　　　　哥之所以如实讲述，
　　　　　并非在吓唬老百姓，
　　　　只是告诉世间的人们，
　　　　世道就是那么复杂离奇。

　　故事不像哥看见妹那样，
　　　全是亲眼所见亲身经历，
　　而是故事情节本来如此，
　　是经书记载并非哥编造。

帕本祸害人间都是事实,
令人无法躲避惨不忍睹,
人们无法预知防不胜防,
突然间灾难会从天而降。

他会让火自己燃烧起来,
让整个勐都变成火海,
万一遇到这种情景,
人们束手无策不知怎么办。

还有一种奇怪现象,
让人们想都不敢想,
锣鼓乐器没人敲打,
也会自己突然奏响。

那些四蹄动物也很怪,
本来只会在地面行走,
现在爬到房屋和宫殿上,
行走自如如履平川。

怪异的现象频频发生,
有的动物会长两个头,
同时还会长两条尾巴,
令人见到后哭笑不得。

还会让人生孩子生出怪胎,
奇形怪状样样都会出现,
最多见的是手指脚趾奇异,
生有四个或六个手指脚趾。

帕松也法力无边,
也会给人们制造灾难,
让人怀孩子变成动物,
让生母见后吓得昏死。

帕松真正是罪大恶极
给人间制造无数祸害,
给人间带来很多麻烦,
让人间丧失安宁祥和。

帕输达丢瓦也不是好东西，
给人间制造无数灾祸，
让干生生的大米长出胚芽，
让箩筐里的谷子霎时跑光。

还有另一种奇怪现象，
让刀剑等武器变成花草，
还会长出叶子和花朵，
刀剑失去威力只能观赏。

还会让房柱无端折断，
房屋倒塌导致人员伤亡，
把屋里的人砸成肉饼，
让人无法施救丧尽天良。

有时人们正在吃饭，
突然间菜汤变了样，
好端端的菜汤变成鲜血，
会把人吓出满身冷汗。

还会让国王的华盖自己折断，
让锋利的刀剑变成残刀断剑，
让乌鸦屎成堆积在房顶上，
让白鹇和秃鹫结对成双。

让鹭鸶乌鸦混在一窝，
甜蜜得像同种类一样，
奇怪的现象层出不穷，
十天十夜也说不完。

之所以发生这些灾难，
都是他们六个人所为，
这六个人胡作非为，
这六个人肆无忌惮。

第十章

抢城霸地游四方
欺男霸女乐逍遥

ပုံဒီ ၁၀ ဖြိုးရွှန်ထွေ့လ်၁လိမျာက်ဝ်
တခုပခုနိုဝပို့ရွှေပျို

现在哥要讲的故事更复杂,
不仅涉及现在还要提到从前,
讲两兄弟前世的故事,
就是巴拉迭瓦和巴拿捧麻典。

巴拿捧麻典是捧麻典的二儿子,
巴拿捧麻典是先前叫法,
后来改称帕板捧麻典,
这只是前后叫法不一样。

这两兄弟都神通广大,
而且都有强大的法力,
两人的本领不相上下,
都会令人心生畏惧。

这两兄弟与众不同,
还牵涉到他们的生活,
之前他们生下的时候,
吃的就不是平常食物。

这个哥要细细地解说,
兄弟姐妹们要仔细听清楚,
哥要把他们前世的谜解开,
故事才有清晰的脉络。

在很久很久以前,
当佛祖诞生之后,
开始教化世人和神仙,
人们也开始不断持戒布施。

从那以后人们信奉佛教，
对佛祖无比信仰虔诚，
都按照佛教的教义行事，
这就是他俩出生的时代。

他俩非常有福气，
都出生在勐迦湿，
生在一个大富翁家里，
而且家里很有钱。

哥哥名叫哈嘎拉，
弟弟名叫乌巴萨嘎拉，
父亲名叫萨哈拉塔，
家里有一百三十亿财产。

家产之多富可敌国，
与勐迦湿国王齐名，
国王权倾天下，
对他们家也刮目相看。

当父亲萨哈拉塔去世的时候，
勐迦湿的国王很伤心，
他出面帮他们料理后事，
还作主替他们分配财产。

按照勐迦湿的习俗，
对萨哈拉塔的遗产进行分配，
将遗产平均分成两份，
兄弟俩一人一份。

兄弟俩继承父业之后，
弟弟乌巴萨嘎拉先开窍，
他对佛教产生了兴趣，
对佛教非常虔诚信奉。

他认为家产不能独享，
应让它发挥更大作用，
他有意将财产献给佛祖，
不辜负父亲生前的期望。

于是他就备办了资具,
要施行他的宏大愿望,
他准备白华盖和靴子,
还有各种各样等物品。

他要献给佛祖世尊,
作为他的一份心意,
同时还奉献其他财产,
以此彰显人生的价值。

乌巴萨嘎拉不仅自己行动,
还想动员哥哥哈嘎拉效仿,
他将这个想法告诉了哥哥,
希望哥哥也受到他的影响:

"尊敬的哥哥啊,
弟弟我的这个奉献计划,
希望能得到哥哥的赞同,
和我一起分享这份福运。"

哥哥哈嘎拉也很聪明,
认真听弟弟把想法讲,
他听后心里顿时明亮,
对弟弟想法大加赞赏:

"我赞同弟弟想法,
这也是我的理想,
感谢你能告诉我,
哥同你一块行动。"

说罢就去把资具筹办,
资具里有各种物品,
加入弟弟备好的礼品中,
支持弟弟的奉献行动。

哥哥筹办好资具之后,
就和弟弟一块去奉献,
兄弟俩带着礼品进寺庙,
共同敬献给佛祖世尊。

他俩跪在佛祖世尊面前,
双手合十顶礼膜拜,
滴水落地向佛祖许愿,
两唇翕动向佛祖祈祷:

"奴愿持守戒律直到涅槃,
敬请佛祖世尊多多教诲。"
说完就敬献带去的礼品,
献给那罗陀佛祖世尊。

佛祖世尊接受供品,
脸上露出慈祥微笑,
佛祖世尊开启金口,
对前来奉献的兄弟说道:

"施主啊,
你们做了大奉献,
这是你们的心愿,
你们都是好榜样。

"这些奉献品永远存在,
不管过了多少年代,
都会成为你们的随身物品,
留给你们将来去享用。

"你们祈祷得到的功德,
佛祖全都知道,
而且会记在心里,
功德无量都会得到善果。"

后来他们两兄弟,
经过了生死轮回,
一代一代往下传,
传到今生今世。

今生他俩得到了善果,
转生为勐迦湿国王后代,
他俩成为捧麻典的儿子,
成为王族后代无比风光。

哥哥名叫巴拉迭瓦,
他有强大的神通法力,
弟弟名叫帕板捧麻典,
神通法力同哥哥一样。

勐迦湿国王让帕板留在身边,
一同治理勐迦湿王国,
享受君王的荣华富贵,
管理一百零一国盟邦。

帕板捧麻典聪明能干,
没有辜负父王的期望,
他操心国家大事,
记挂国民的平安。

他心想人间这么大,
情况复杂世事难料,
会不会存在危险的敌人,
可能对国家进行侵犯?

于是他就穿上仙鞋,
带着神弓佩上宝剑,
他腾空而起高高飞翔,
到世间各处周游巡视。

帕板捧麻典飞翔在高空上,
每到一处都仔细查看,
无论是大勐或小寨,
一处也不会放过。

他每到达一个城寨的上空,
都要敲击弓弦发出响亮声音,
对地面的人们发出警示,
地面的人们都抬头仰望。

当他见到人们走出家门,
就放开嗓门对他们叫唤,
然后再观察地面的动静,
看人们究竟有什么反应。

"下面的人给老子听着,
你们是否服从本王管辖?
你们如果不肯投降的话,
绝对没有你们的好下场!"

他说罢开始拉弓,
向空中射出弓箭,
那箭的声音非常响亮,
就像十万钧雷霆一样。

城里的王官和百姓,
听到帕板捧麻典的吼声,
都不约而同地抬起头,
惊奇地向空中仰望。

看到帕板捧麻典站在空中,
人们顿时被吓得毛骨悚然,
接着人们又听到射箭的响声,
都感到无比惊慌。

人们吓得双腿跪地,
双手合十高举头顶,
不停向空中跪拜磕头,
向帕板捧麻典求饶:

"尊敬的大王啊,
奴等哪敢不投降?
恭请大王从空中下来吧,
下来做我们的大王吧!"

帕板捧麻典从空中下来,
昂首阔步走进王宫,
然后坐在铺好的蒲团上,
目不斜视接受官员跪拜。

帕板捧麻典征服了他们,
面前跪拜着俯首称臣的国王和官员,
他对国王和大臣们训话之后,
就离开王宫跃入空中。

他在空中继续翱翔,
又飞到了别的地方,
他每到一处都这样做,
所到之处没人敢反抗。

有一个勐名叫梭莱亚,
国王名叫苏帕蒂沙,
他治理着勐梭莱亚国,
享受着当君王的风光。

国王有一个美丽的王后,
王后名叫嫡巴帕瓦利,
他们有一个美貌的女儿,
女儿名叫嫡甘扎提拉。

他们过着幸福安康的日子,
生活惬意从来没有烦恼,
正当他们无忧无虑之时,
突然发生意想不到的情况。

正在飞行的帕板捧麻典,
来到了他们勐的天空上,
他停在勐梭莱亚王城上空,
俯首对勐梭莱亚王城察看。

他向王城里大声喊话,
那声音如惊雷般响亮,
他又敲打随身的弓弦,
那响声更加震耳欲聋:

"喂!下面的人给我听着,
我是帕板捧麻典大王,
你们给我竖起耳朵细听,
本王把你们看成我的臣民。

"你们是否服从于我?
你们赶快给我回答,
如果你们不服从于我,
我将把你们全部踩在脚下。

"你们究竟是否投降?
必须尽快给老子回话,
免得我在天上停留太久,
花费我的时间和力气。"

帕板捧麻典把话说完,
又开始用箭敲击弓弦,
那弓弦顿时发出巨响,
如同六月天打雷一般。

发出的响声非常吓人,
如同十万钧雷霆那样,
震惊着苏帕蒂沙国王,
还有官员和老百姓们。

他们听到弓弦的响声,
都非常惊恐慌张,
大家害怕得浑身发抖,
裤脚都颤动得哗哗响。

人们吓得腿软站立不稳,
不知道发生什么灾难,
他们纷纷朝天上看去,
才发现空中的帕板。

帕板捧麻典站在空中,
相貌威严如神灵一般,
他虎视眈眈注视地面,
让人见到后心惊胆战。

苏帕蒂沙国王无可奈何,
大臣和百姓也不知怎么办,
他们被迫高举双手叩拜,
齐声恭请帕板捧麻典:

"尊敬的神威大王啊,
请您快从空中下来,
我们全都向您投降,
下来做我们的大王吧!"

帕板捧麻典从空中下来,
昂首阔步走进王宫殿堂,
帕雅苏帕蒂沙连忙叩拜,
把他请到王宫里宝座上。

大臣官员们忙铺好蒲团,
帕板捧麻典就坐在上方,
坐定后他扫视所有的人,
目空一切高高在上。

国王苏帕蒂沙已吓得脚软,
大臣官员们也都战栗不安,
他们都拜服在帕板的脚下,
俯首称臣不敢有半点反抗。

国王苏帕蒂沙忙表态,
态度诚恳只怕惹下祸殃,
他低着头边说边跪拜,
生怕触怒宝座上的大王:

"尊敬的大王啊,
您从天上腾飞而来,
身体有无疾病,
想必一切安康?

"祝您平安吉祥如意,
心想事成没有阻挡,
请大王留在宫里吧,
我等全都服从您管。

"但不知纯金般的大王,
究竟是哪个大勐的君主,
大王的父母大人是谁,
该怎么称呼才好?

"请大王您告知一声吧,
奴才好尊称贵父母大人,
免得奴才说错话失礼,
连最起码的礼节也不懂。"

帕板捧麻典得意洋洋，
知道他已经震慑对方，
他又扫视了所有大臣，
才漫不经心地回答：

"听着，你们这些官员，
我是大臣官员们的首领，
我的名字叫帕板捧麻典，
我家就住在勐迦湿王城。

"我的父亲叫做捧麻典，
他是一位大国君王，
是一百零一国的首领，
没有哪个国家敢反抗。"

帕雅苏帕蒂沙听了这些话，
心里感到非常高兴，
立即召集全体大臣官员，
向帕板捧麻典叩拜。

国王向帕板敬献各种佳肴，
还有无数金银珠宝，
还奉献女儿嫡甘扎提拉，
以及众多的美女听使唤。

帕板捧麻典接受他的贡品，
在众美女侍候下开心娱乐，
他吃喝玩乐尽情享受，
王宫里日夜歌舞升平。

七天的五欲①满足之后，
帕板就退还金银珠宝，
还有嫡甘扎提拉等美女，
并对帕雅苏帕蒂沙说道：

---

①五欲：佛教用语，指色、声、香、味、触五境生起的欲望。

"尊敬的帕雅苏帕蒂沙国王,
我退还所有的财物和珠宝,
还有众美女以及您的公主,
希望您能够理解不必猜疑。

"我准备向你们辞行,
还要飞到别的地方,
我到这里来别无他求,
不为粮食和金银珠宝。

"也不是为了寻找美女,
这些对我都是小事一桩,
我从天上飞到这里,
主要是巡视各地的情况。

"我想了解别的国家,
同我的家乡有什么不一样,
这样我才心里有底,
你们也别胡思乱想。

"现在我准备告辞,
我的理想还未实现,
就像潺潺流水没有尽头,
我还要到其他地方去看。"

他又向婻甘扎提拉辞行,
对美丽公主情意绵绵,
他有点舍不得离开她,
但为了理想只能说再见:

"哥爱如眼珠一样的妹妹啊,
现在哥将离开心爱的你,
愿灾祸远离你的身旁,
所有的病痛都脱离身体。"

婻甘扎提拉听说后很心酸,
她舍不得帕板捧麻典离开,
她想永远守在他身旁,
就语重心长地对他讲:

"奴洪福无边的大王啊,
大王有幸来到奴的勐里,
奴的父母已将奴献给大王,
给哥哥您做妻妾。

"现在大王您却要抛下奴,
让奴像寡妇样独自守空房,
孤独地生活实在太难受,
请大王为妾设身处地着想。

"这样的话奴会痛哭不止,
会因过度伤心忧愁而死去,
奴无论如何不能放您走,
您游走他乡令奴牵肠挂肚。"

帕板捧麻典听了公主诉说,
也感到不无道理非常心酸,
他很爱嫡甘扎提拉公主,
内心舍不得丢下她不管。

他明白公主的心意,
他心里同公主一样,
美丽的嫡甘扎提拉公主,
如同盛开的花朵一般。

他想继续和公主在一起,
在王宫里共享儿女情长,
同她过真正夫妻的生活,
一块度过销魂的美好时光。

国王苏帕蒂沙得知他的心意,
对帕板同女儿的婚事很赞成,
随即叫人找来婆罗门司祭官,
要他们尽快推算出吉日良辰。

他准备操办女儿婚姻大事,
让女儿和帕板捧麻典成亲,
这也是帕板捧麻典的心意,
国王和帕板想的都一样。

司祭官运用呼啦知识,
用两人的名字和生日,
通过加减乘除计算,
推算最适合的婚礼吉日。

司祭官们通过推算,
终于找到吉日良辰,
他们拜见国王苏帕蒂沙,
把大好日子禀报。

国王让大臣发出告示,
告示全勐的官员和老百姓,
参加婻甘扎提拉的婚礼,
国王要把婚礼办得非常隆重。

选定的吉日来到,
数万的臣民们听到鼓声,
大家从四面八方相约而来,
庆祝婻甘扎提拉加冕成婚。

她的父王母后心花怒放,
大臣官员们也喜笑颜开,
还有婆罗门亲戚和富翁,
都一起为新婚夫妻增光。

礼品琳琅满目数不胜数,
有金银钱币和珠宝,
还有马匹和大象,
敬献给公主和新郎官。

大臣亲信们来操办婚事,
让两位有情人结对成双,
首辅大臣献上优美祝词,
给新郎新娘拴上金线银线。

金线银线拴在他们手腕,
还挂在他们的脖子上,
同时搭在他们的肩头,
寓意夫妻俩甘苦同担。

随后准备了丰盛宴席，
招待官员和亲属用餐，
吃饭时还有歌舞助兴，
整个王宫大殿热闹非凡。

公主做了帕板捧麻典王妃，
身份顿时不同一般，
父王为她增派宫女，
宫女的人数多达两万名。

帕板捧麻典和婻甘扎提拉成婚，
共同生活了一年，
有一天帕板捧麻典想家，
心里头有些不安。

他想念他的父王母后，
思念他的百姓和臣官，
因为他离家已经很久，
想离开爱妻返回家乡。

帕板捧麻典显得心烦，
就与婻甘扎提拉商量，
把心里话告诉妻子，
想得到她的支持体谅：

"请听我说，
亲爱的妹呀，
你在哥心里举足轻重，
妹是哥哥的宝贝心肝。

"阿哥我和妹在一起，
算起来时间已经不短，
我俩在一起有一年之久，
这一年家乡的音信渺茫。

"阿哥非常想念父王，
心里早就焦急不安，
不知父母的情况怎样，
父母盼望着阿哥回去。

"家里还有其他亲人,
　　哥现在全不清楚,
　　都令我牵肠挂肚,
很想回家乡去看看。

"所以阿哥想与你告别,
　　先返回到勐迦湿,
　　此行回去看望父母亲,
把哥娶妹的事禀报父王。

"婚姻大事不能擅自做主,
　　这是当儿子最起码的规矩,
　　必须让父王认可之后,
哥再来把妹接回家乡。

"到时一起共同生活,
　　堂堂正正做新娘,
　　风风光光做王妃,
别人也不会在背后说三道四。"

婻甘扎提拉听了之后,
　　觉得他的话合情合理,
　　她赞成丈夫的做法,
心里亮堂通情达理:

"奴的大王要告辞,
　　这是常理无可非议,
　　按您说的做奴没意见,
只求夫君要信守诺言。

"不要让妹妹等得太久,
　　苦守空房很悲惨,
　　要尽快来接奴一起生活,
免得妹妹我望眼欲穿。"

帕板捧麻典满口答应,
　　还说大丈夫会信守诺言,
　　不会让妹妹在这里久等,
很快就会来接妹返家乡。

得到婻甘扎提拉同意之后,
他再把心事禀报岳父和丈母娘,
还要告知王族的所有亲戚,
以及所有百姓和臣官。

到了岳父的王宫,
他行跪合十礼,
然后坐在一旁,
彬彬有礼告辞说:

"父王母后啊,
还有各位亲朋好友,
现在儿臣准备辞别,
来同岳父岳母商量。

"儿臣在这里生活已经很久,
同家里失去联系音信渺茫,
儿臣家里还有父王母后,
他们一定为儿子牵心肠。

"不知道儿子现在怎么样,
不知道儿子在什么地方,
早就盼望我回去,
这是人之常情不可避免。"

苏帕蒂沙国王细听,
觉得帕板捧麻典的话有道理,
父母都有养育之恩,
哪能丢下父母不管?

国王随即同意他的请求,
让他回勐迦湿探望父王母后,
同时向父母禀报结婚的事,
请求父王母后的原谅。

帕板捧麻典得到岳父允许,
便开始准备回去的行装,
他穿上飞行的仙鞋,
佩上锋利的宝剑。

他还把神弓带在身上,
再向送行的人辞别,
然后飞上高空,
返回勐迦湿故乡。

帕板捧麻典在空中飞行,
很快回到勐迦湿王城,
婻西丽韦扎听到禀报,
就连忙跑来迎接夫君。

相貌美丽的妻子,
在家已思念他多时,
见到自己的丈夫回来,
心里有说不出的欢喜。

亲手接下他的背包佩剑,
将他迎进王宫的殿堂,
六万位宫女也急忙前来,
侍奉在帕板捧麻典身旁。

帕板捧麻典回到王宫,
见到久别的妻子,
他稍事歇息之后,
就去拜见自己的父王母后:

"奴的父王母后啊,
儿臣此行游走许多国家,
所到之处都向我国称臣,
勐迦湿名声威震四方。

"还有一事儿臣向父王禀报,
儿臣此行私自娶了妻子,
因路途太远来不及禀报,
请父王母后给予原谅。

"此乃前世姻缘相助,
遇上了美丽的婻甘扎提拉,
她是苏帕蒂沙国王爱女,
与儿臣一见钟情无法分开。

"儿臣便与她结为夫妻,
在国王主持下进了洞房,
我俩一块生活了一年,
相亲相爱生活很美满。

"这就是所有事情经过,
儿臣已经全部说完,
做得不对的请父王教诲,
只求原谅孩儿自作主张。

"如今娶妻事木已成舟,
前世姻缘无法扭转,
儿深知此举有些不妥,
父王母后看该怎么办?"

捧麻典听后很高兴,
对儿子的话仔细想,
他明白事情经过后,
就对帕板把话说:

"这是件特大喜事,
没有什么过错可言,
为父高兴都来不及,
怎么还会对你责怪?"

捧麻典叫来首辅大臣,
把儿子的婚事向他讲,
要他将大臣们召到议事厅,
就说有重要的大事商量。

首辅大臣接到指令,
立即行动不敢怠慢,
他召集了所有大臣,
然后就去请示国王。

国王对大臣官员们说:
"现在我有急事要你们办,
这事十万火急不能拖延,
你们必须立即行动。

"此次朕的爱儿周游四方,
爱上了一个国家的公主,
两人情投意合无法分离,
想把她娶回来当王妃。"

大臣们听了国王的话,
都喜形于色心情舒畅,
齐声请求大王吩咐,
他们一定立即照办。

捧麻典指示臣官,
赶快去召集士兵,
队伍一定要庞大,
不得少于三十万。

勐迦湿是泱泱大国,
人数太少就不像样,
此事关系人格国格,
务必为勐迦湿争光。

还要准备国王书信,
这些礼节都很重要,
还要挑选上等马匹,
以及高大的大象。

组成浩浩荡荡的队伍,
开赴勐梭莱亚去迎亲,
迎娶婻甘扎提拉公主,
接回来当王子的新娘。

去时要带上国王书信,
带上本国丰厚的礼品,
送给国王苏帕蒂沙,
把迎娶的意思向他讲。

大臣官员们得令之后,
立即敲击大鼓召集士兵,
组成一支三十万大军,
准备起程去勐梭莱亚。

队伍由因达巴带领,
他被召来当特使大臣,
他带领的迎亲队伍,
代表勐迦湿的脸面。

他们准备好彩礼,
还有众多的大象,
以及庞大的马队,
然后浩浩荡荡出发。

帕雅因达巴走在前头,
他的身后是三十万大军,
他们连续行走了一个月,
才到达勐梭莱亚边境。

国王苏帕蒂沙得到消息,
顿时满面笑容心花怒放,
勐迦湿是大国高不可攀,
能同勐迦湿联姻是前世造化。

当他得知勐迦湿派来使臣,
连声夸耀帕板捧麻典大王,
说他确实是个了不起的王子,
庆幸自己能有这样的女婿。

听说使臣带着国王的书信,
还有品种繁多的聘礼物品,
由三十万军队押送而来,
迎娶花朵般的婻甘扎提拉。

他因此觉得无比荣耀,
感叹大国很阔绰,
出手大方像模像样,
不像小国那么寒酸。

于是命令大臣官员,
赶快搭建大棚房,
好让将士们好好休息,
消除长途跋涉的疲劳。

他又下令内务臣官,
安排厨师准备好饭菜,
要有大鱼和大肉,
让客人们好好用餐。

一定要款待好贵宾,
贵宾同自家人不一样,
他们有三十万将士,
饭菜饮食要有保证。

因达巴和三十万将士,
终于来到勐梭莱亚王城外,
他们在城边的大棚里住下,
休息三天后才进宫提亲。

帕雅因达巴率领随从臣官,
带着礼品和国王书信,
到了苏帕蒂沙的王宫里,
向苏帕蒂沙呈上国王书信和礼品。

因达巴不失大国风范,
不愧是勐迦湿的大官,
他先向苏帕蒂沙鞠躬行礼,
然后不紧不慢地说:

"尊敬的大王啊,
小臣是勐迦湿的特使,
祝愿贵国繁荣昌盛,
祝愿大王幸福吉祥!

"小臣到这里来,
不为别的什么事,
专程前来送聘礼,
来同贵国联姻结亲。

"勐迦湿地位至高无上,
管辖一百零一国臣民,
帕板捧麻典身为王子,
具有至高无上的威望。

"他派我们前来,
带着国王的书信,
还有丰厚的礼品,
专程来献给大王。

"并请求大王准许我们,
迎娶嫡甘扎提拉公主,
带回勐迦湿去做王妃,
成为帕板王子妃娘娘。

"请大王准许我们的请求,
把嫡甘扎提拉带去勐迦湿,
这样小臣才不虚此行,
把使命圆满完成。"

帕雅苏帕蒂沙听了之后,
早已激动万分满面笑容,
他不慌不忙地向来宾还礼,
然后又彬彬有礼地答道:

"谢谢因达巴特使,
欢迎您远道来到敝国,
您按习俗前来迎亲,
本王无比欣慰高兴。

"我的女儿嫡甘扎提拉,
美若天仙人见人爱,
能够嫁到贵国当王子妃,
都是前世姻缘。

"帕板捧麻典大王很爱公主,
两人一见钟情再也分不开,
大王住在我们勐里的时候,
我就已经把公主献给大王。

"本王还派两万名宫女,
专门听从他们使唤,
本王此举真心实意,
完全为自己女儿着想。

"当帕板大王住了七天,
说要继续巡游其他地方,
婻甘扎提拉对他竭力挽留,
公主不让他离开自己身旁:

"'奴的大王啊,
父母已将奴献给大王,
让奴做了大王的王妃,
奴是不会放大王走的。'

"我女婿帕板捧麻典听后很感动,
就留下来和婻甘扎提拉在一起,
本王就带着臣官们和王亲国戚,
为婻甘扎提拉举行了加冕仪式。

"让她做了帕板捧麻典的王妃,
他俩从此成为恩爱夫妻,
婚后相亲相爱生活甜蜜,
他们在一起生活了一年。

"但帕板捧麻典是巡视路过我国,
对此事父王母后还蒙在鼓里,
他记挂家里的父王母后,
记挂勐迦湿的父老乡亲。

"就把心事告诉婻甘扎提拉,
表明准备回家乡的心意,
希望能得到妻子的理解,
不至于让妻子伤心哭泣:

"'哥眼珠般的妹妹啊,
哥离开家乡已有一年,
父母一定会焦急不安,
不知我在外面怎么样。

"'哥想告别妹返回家乡,
把事情经过向父王禀报,
告诉他我已经娶了妹妹你,
省得他在王宫里望眼欲穿。

"'等哥哥回去以后,
把娶亲的事说清楚,
让父母理解和支持,
哥就会派人来接你。'

"帕板捧麻典那样说后,
婻甘扎提拉觉得有理,
她能理解丈夫的心情,
随即向丈夫表明心意:

"'您的想法很对,
就按您说的去做。'
然后帕板捧麻典整理行装,
穿好神鞋飞上高空返回家乡。

"现在他派各位贵宾前来,
带着礼品迎娶婻甘扎提拉,
本王理所当然要大力支持,
请贵宾们把公主带走吧。"

苏帕蒂沙国王把经过说完,
心里头还有些不安,
他舍不得宝贝女儿离去,
便伤感地对女儿讲:

"男大当婚女大当嫁,
父王不能把你留身边,
你就到勐迦湿的王宫去吧,
去当你的王子妃娘娘。

"你已经长大成人,
到勐迦湿后要懂礼貌,
要听公公婆婆的话,
要孝敬公公婆婆。"

婻甘扎提拉听了父王的话,
禁不住一阵辛酸泪落两行,
她对父王无限感激,
但心里又无比眷念亲爹娘。

她接过父亲赠送的物品,
把自己好好打扮,
她原本就容貌姣美,
经打扮更如同仙女一般。

父母亲又让大臣们送礼品,
礼品价值有四万万,
各种礼品应有尽有,
还有成群的大象马匹和仆人。

各地官员也纷纷前来送礼,
送礼的还有富翁等有钱人,
礼品价值也有四万万,
送给勐迦湿的贵宾们分享。

国王还派了十万随从,
护送女儿出嫁远方,
因为去勐迦湿路途遥远,
途中要经过森林大山。

临别前公主忐忑不安,
她同父母亲情割不断,
深知此行远离故土,
离别后再相见很难。

她带着侍女走进王宫,
去拜别她的父王母后,
感谢养育她的父母亲,
向父母亲做忏悔道歉:

"孩儿尊敬的父王啊,
父王母后是孩儿的主,
孩儿就要嫁到远方去,
长久居住不能返家乡。

"在离别之际,
孩儿特意来忏悔,
向父王母后道歉,
希望得到父王母后原谅。

"如果在过去的日子里，
若孩儿讲话没有礼貌，
现孩儿跪拜双亲面前，
请原谅女儿以往的过错。

"若孩儿的心意不正，
或有什么错误的地方，
孩儿已深感对不起双亲，
请父王母后给予宽恕原谅。

"父王母后把孩儿从小养大，
非常辛苦实在很不简单，
细心照顾女儿衣食住行，
呵护女儿不受任何损伤。

"女儿身业方面也不大注意，
如乱踢脚或乱击手之类，
不该在父王母后面前手舞足蹈，
这些动作不礼貌有失涵养。

"请求父王母后别放在心上，
别在心里记恨孩儿撒娇，
请求饶恕孩儿的过失，
请父王母后帮助孩儿脱离罪孽。

"从此女儿洗干净心灵，
女儿不用为此担惊受怕，
不用担心今后受到报应，
才能安心同夫君一块生活。

"愿亲爱的父王母后幸福，
愿父王母后永远心想事成，
愿父王母后永无疾病痛苦，
无灾无难永远安康。"

父王苏帕蒂沙就在跟前，
母后孀巴帕瓦利也在一旁，
父母二人听女儿的忏悔，
用手抚摸着女儿的背说：

"父母心爱的宝贝女儿啊,
你来提及过去所做的事情,
回顾自己的过错和所犯罪孽,
你的心情父母亲都能理解。

"你怕犯下什么罪孽,
担心自己有什么过错,
将来遭报应被人指责,
这个父母觉得很正常。

"至于你过去的行为,
有什么对不起父母的事,
也无论你犯下什么过错,
父母对你都会原谅宽恕。

"女儿啊,宝贝心肝,
男大当婚女大当嫁,
国王女儿也是这样,
婚后当然得离开父母。

"父母心爱的宝贝女儿呀,
希望你去了以后吉祥平安,
健康长寿永远无病痛,
比所有人的寿命都长。

"愿女儿没有任何病痛,
愿女儿没有任何灾祸,
愿女儿没有任何烦恼,
愿女儿没有任何忧伤。"

忏悔和道歉结束之后,
大臣官员们准备起程,
他们带着嬾甘扎提拉公主,
还有两万名宫女。

他们还带着粮食,
以及金银和珠宝,
一切准备好之后,
就离开王宫出发。

一行人来到城外，
到了他们的营地，
他们在那里休息，
住下来养足精力。

特使因达巴和随从们，
办事细心妥帖，
他们起程前又返回王宫，
最后向国王和王后告别：

"奴才们请求告别大王，
请国王和王后不必惦念，
愿所有的灾祸不来接近，
双方都顺利吉祥平安。

"让所有的忧愁远离身旁，
让吉祥和幸运降临贵体，
赶路的人留下平安，
愿大王战胜一切作恶的仇敌。"

苏帕蒂沙国王依依不舍，
克制住与女儿离别的伤感，
此刻心里有千言万语，
只有化作简单的语言：

"听到使臣的告别语，
还有美好的祝福词，
本王心里非常感动，
无法用言语表达。

"本王也祝愿你们，
离开后一路平安，
祝愿幸运降临你们，
灾祸远离身体吧。"

使臣们辞别后，
立即返回营地，
象兵牵来高头大象，
给婻甘扎提拉乘坐。

同时备好马匹,
给侍卫们乘骑,
一切安排妥当,
下令马上起程。

侍卫扶公主坐上象鞍,
象兵手提象钩骑上象颈,
士兵和百姓们骑上骏马,
大部队浩浩荡荡出发。

随着阵阵马铃声响,
马蹄声声尘土飞扬,
队伍离开勐梭莱亚,
向勐迦湿方向进发。

队伍翻山越岭,
穿林海过草地,
队伍见头不见尾,
阵势壮观绵延数十里。

队伍惊飞了树上鸟雀,
野兽也吓得到处乱跑,
队伍扬起的灰尘飞舞,
笼罩了整个天空大地。

当队伍进入大森林,
雾气吞没漫天尘埃,
有人开始拉响琴弦,
唱起情歌减少疲劳。

那些送行的老百姓,
前面引路不辞辛劳,
队伍经过一个月的跋涉,
才进入勐迦湿地界。

佛祖世尊讲完故事,
又开始小结前一段落,
因为故事比较复杂,

就对舍利弗①和众比丘说:

"舍利弗和众比丘啊,
这就是国王嫁女儿的经过,
那位名叫苏帕蒂沙的国王,
把媥甘扎提拉嫁到勐迦湿。

"公主跟随三十万大军,
到勐迦湿去当王子妃,
成为帕板捧麻典的妻子,
成为勐迦湿国王的儿媳。"

---

① 舍利弗:佛祖十大弟子之一,以"智慧第一"著称。

第十一章
周游列国娶娇妻
王后美梦得子女

ပု ်ိမ် ၁၁ ခြေ့ိ ဘွေ့ပို့ မ္ငြှ င့်ိ မေဒ၁
ဖေဝိပ်ိ ဉ္ည င့်ိ ပုတ္တ၁

哥的故事还要继续往下讲,
婻甘扎提拉的故事还没完,
上节说勐梭莱亚国王嫁女,
答应了勐迦湿使臣的请求。

送女儿婻甘扎提拉出嫁,
去当帕板捧麻典的新娘,
公主跟随大队伍起程,
向遥远的勐迦湿出发。

因达巴带着婻甘扎提拉,
率领三十万大军日夜兼程,
大约用了一个月的时间,
这才回到勐迦湿的王城。

帕板捧麻典得到消息,
派出的使臣已顺利归来,
他们带回婻甘扎提拉公主,
还有同行的三十万大军。

帕板捧麻典非常高兴,
亲自到王宫外面去迎接,
侍卫和宫女紧跟在左右,
簇拥着他来到王城门前。

他见到婻甘扎提拉,
彼此满面笑容欣喜若狂,
他将公主迎进后宫,
久别重逢心里甜如蜜糖。

因达巴完成国王使命,
准备返回自己的国家,
虽说辛苦但毫无怨言,
他轻松愉悦容光焕发。

他带回婻甘扎提拉公主,
还有同行的两万名宫女,
还有各种礼品和金银珠宝,
合起来价值有八万万。

全都献给帕板捧麻典,
非常完美没有缺憾,
帕板捧麻典接下礼品,
对因达巴连声夸奖。

帕板给将士发酬金,
奖励他们一路辛劳,
他特别奖励因达巴,
表彰他出色完成使命。

还奖励公主的随从人员,
犒赏勐梭莱亚的臣官,
帕板命令本国大臣,
热情款待宾客不可怠慢。

勐迦湿官员急忙行动,
去招待勐梭莱亚臣官,
搭建起许多简易楼房,
床上铺上松软的睡垫。

大臣们让厨师们备好饭菜,
有足够的美味佳肴,
盛情款待远方来的贵宾们,
让客人吃饱喝足心欢畅。

勐梭莱亚的使臣们,
度过了愉快的一天,
他们带着国王的礼品,
到王宫拜见捧麻典。

他们进王宫见到国王,
就像马鹿见到了大象,
毕恭毕敬地双手合十,
高举头顶向捧麻典叩拜:

"奴等尊敬的陛下,
最负声誉的国王!
你是各国最高君主,
你是傣家人的太阳。

"祝愿大王在这金殿里,
生活得幸福吉祥安康,
祝愿大王的福运兴隆,
勐迦湿永远繁荣富强。

"我们勐梭莱亚的国王,
非常重视公主婚姻大事,
我等受国王苏帕蒂沙委派,
护送公主前来加冕完婚。

"我等跟随大王军队前行,
托大王洪福一路平安顺畅,
现婻甘扎提拉公主已抵达,
敬献给帕板捧麻典大王。"

捧麻典国王听了使臣的话,
感到无比欣慰心中亮堂,
他很满意使臣说的话,
对勐梭莱亚国王大加赞赏:

"好,这桩婚姻非常好,
帕雅苏帕蒂沙兄弟,
不愧是一国君主有远见,
还能想到君王之间情谊。

"他派人给本王送来精美的礼品,
本王全都收下心里非常高兴,
勐梭莱亚已是本王的亲家,
两国之间今后要经常来往。

"请使臣为本王带回谢意,
感谢帕雅苏帕蒂沙兄弟,
他送公主给本王做儿媳,
从今以后两国就是友好的联邦。"

勐梭莱亚使臣洗耳恭听,
表示回去之后禀报国王,
然后拜过捧麻典国王后,
又去拜见帕板捧麻典。

使臣见到帕板捧麻典,
同样表现得很有礼貌,
使臣行跪合十礼,
毕恭毕敬地叩拜:

"尊敬的王子陛下,
最负声誉的大君主,
祝愿大王新婚志禧,
今后生活吉祥如意。

"迎娶了敝国的公主之后,
金子般的王宫宝殿更辉煌,
祝愿大王的勐更繁荣昌盛,
无敌于天下如磐石一样坚强。

"奴等的君王帕雅苏帕蒂沙,
即婻甘扎提拉公主的父王,
派奴等护送婻甘扎提拉公主,
前来完婚当王子妃娘娘。

"请大王您愉快地接受,
奴等好回去禀报国王,
愿大王开心满意,
完婚后夫妻幸福美满。"

帕板捧麻典听后很高兴,
婻甘扎提拉是他的心肝,
能得到父王允许永结连理,
开心满意这很自然:

"好的,万分感谢,
　　各位一路辛苦了!
我同妻子非常感谢你们,
　感谢你们一路不辞辛劳。

"勐梭莱亚也是礼仪之邦,
　贵国君王想得周全妥当,
派你们率军护送公主前来,
　确保嫡甘扎提拉一路平安。

"你们都很懂得情谊,
　注重君王间友好交往,
这件事令我非常感动,
　我心里格外的高兴。"

帕板捧麻典说完之后,
　令臣官拿来粮食财物,
分发给勐梭莱亚使臣,
　作为对他们的酬谢。

勐梭莱亚使臣接下礼物,
　感谢帕板捧麻典的情意,
他们在勐迦湿到处游玩,
　不知不觉住了一个月。

离开勐梭莱亚时间已不短,
他们觉得应该返回自己的故乡,
　使臣们商量后就走进王宫,
　　拜别捧麻典国王:

"尊敬的捧麻典国王陛下,
　奴等离家时间已经很长,
奴等想返回勐梭莱亚,
　特地来向大王您辞行。"

捧麻典国王听后点头,
　认为使臣的话合乎情理,
他们想返回不好挽留,
　便以友好语气说道:

"你们想回国很好,
本王也不再挽留,
你们一路上走好,
祝愿你们吉祥平安。"

说完就吩咐大臣,
准备礼品和金银,
送给勐梭莱亚臣官,
以及其他随行人员。

勐梭莱亚客人领了赏金,
全都非常高兴容光焕发,
他们又去拜别帕板捧麻典,
拜别喃甘扎提拉公主。

之后回到宿营地,
准备好坐骑马匹,
带上主人送的礼物,
一起返回勐梭莱亚。

之后一切都平安无事,
一切担忧都远离而去,
两勐从此联姻结友谊,
两勐友好之情说不完。

民众安居乐业热爱国家,
勐迦湿从此更昌盛富强,
财富如同江河水滚滚而来,
勐迦湿的名声威震四方。

勐梭莱亚的客人离开之后,
捧麻典准备为王子娶亲,
他要为喃甘扎提拉加冕,
使她成为尊贵的王子妃。

他吩咐众大臣着手行动,
准备了各种名贵的衣服,
还有项链手镯金银首饰,
这都是娶儿媳必备之物。

他还叫来帕板捧麻典，
让他召集众大臣官员，
又召来婆罗门司祭官，
让他们推算吉日良辰。

到选定好的吉日那天，
捧麻典国王兴奋异常，
他要尽到做父亲的责任，
为婻甘扎提拉举行加冕典礼。

让婻甘扎提拉成为儿媳妇，
成为帕板捧麻典的王子妃，
捧麻典国王非常爱惜儿媳，
给婻甘扎提拉增派了宫女。

增派的宫女数量不少，
有一万六千位美丽姑娘，
加上她娘家带来的宫女，
总共三万六千六百位。

这些都是王子妃的随从，
全部听婻甘扎提拉使唤，
三万六千六百位宫女都很美丽，
三万六千六百位宫女都很能干。

婻甘扎提拉得到国王器重，
感到心满意足无比荣幸，
她与帕板捧麻典同床共枕，
夫妻俩非常恩爱甜如蜜糖。

婻甘扎提拉与丈夫如胶似漆，
年满十八岁时生活有了转机，
一天晚上她正睡得深沉，
黎明时做了个奇怪的梦。

她梦见一块金子从天而降，
金子正好落到了她的身旁，
她伸出手捡起那块金子，
就从梦中惊醒。

她感到梦境非常奇怪,
就将帕板捧麻典摇醒,
她把梦境告诉了夫君,
希望能解开梦中谜团:

"奴头顶上的至尊王啊,
奴做了一个奇怪的美梦,
梦境非常逼真非常清楚,
不知是凶是吉奴心中不安。

"请夫君帮奴分析,
免得梦境在心里纠缠。"
接着她就把梦境细讲,
情形逼真活灵活现。

帕板捧麻典听了叙说,
觉得这个梦非同一般,
他翻身起床穿好衣服,
叫大臣找来众司祭官。

帕板捧麻典要司祭官们推算,
把妻子的梦境弄清楚,
众婆罗门司祭官知道梦境后,
一起运用呼啦占星法来推算。

根据王妃的八字和生日时辰,
经过反复仔细运算,
终于得出了王妃梦境结论,
大家脸上都现出欣喜容光。

解开婻甘扎提拉梦境之后,
司祭官们一刻也不敢怠慢,
忙走进王宫跪拜帕板王子,
禀告了众婆罗门推算情况:

"奴等尊贵的大王啊,
王妃的梦是个吉祥预兆,
将有一位男天神前来投胎,
进入王妃腹中等候降生。

"请大王不必担心忧愁,
请大王不必为此惊慌,
奴才们已经禀报完毕,
王妃的梦境就是这样。"

帕板捧麻典听了这个消息,
顿时喜上眉梢心花怒放,
知道妻子即将生下王子,
他帕板也即将成为父王。

他心里感到无比高兴,
奖赏金银给众司祭官,
还指派官吏和侍女们,
照顾好怀孕的王妃娘娘。

婻甘扎提拉怀孕之后,
行动谨慎怕惊动胎儿,
怀孕十月很快期满,
在王宫生下一位王子。

年轻的宫女们为她接生,
用金盆装满芬芳的香水,
为刚出生的王子洗浴净身,
把小王子洗得干干净净。

帕板捧麻典喜得王子,
高兴劲无法用言语形容,
他为儿子安排了奶妈,
奶妈都经过精挑细选。

奶妈必须是不高不矮,
不胖不瘦胸部丰满,
必须脱离四种罪孽,
这种女子没有后患。

同时奶妈要刚生过孩子,
要有甜美丰富的乳汁,
还要懂得喂孩子的技巧,
每道细节都不可马虎。

王子出生满月后,
请来家族的长老给孩子取名字,
按照王子生辰八字,
给王子取名阿奴巴纳捧麻典。

在阿奴巴纳捧麻典出生的时候,
有六万个小男孩同时降临人间,
他们是六万位帕雅家里的孩子,
全都住在王城与王宫相距不远。

这些男孩都与王子同时出生,
帕板捧麻典悟出其中道理,
认为都与自己儿子有关系,
将来的侍卫官就不成问题。

帕板很重视这些孩子,
也为他们选派了奶妈,
让奶妈每天精心呵护,
大臣们为此交口称赞。

故事还在继续向前发展,
婻甘扎提拉好运还没完,
当她到了十九岁的时候,
又生下一个美貌的女儿。

年轻的宫女们为她接生,
用金盆盛香水为公主沐浴,
宫女们一丝不苟细心操作,
把小公主洗得全身芬芳。

小公主出生一个月之后,
帕板捧麻典要为女儿取名,
他请来家族的各位长老,
一起商量为小公主取名。

按照小公主的生辰八字,
家族长老七嘴八舌议论,
大家还根据公主的相貌,
为她取名叫婻安杂提拉。

时间如河水一样奔跑流逝,
阿奴巴纳捧麻典已长大,
到他长到十六岁的时候,
已是非常英俊的小伙子。

那时有一位美丽的少女,
名叫媥西丽婉娜,
她是帕雅因达巴的女儿,
与阿奴巴纳捧麻典年龄相仿。

西丽婉娜到了十六岁,
相貌姣美楚楚动人,
帕板叫人上门提亲,
因达巴自然满口答应。

儿子也喜欢这个女孩,
很快就定下这桩婚事,
帕板捧麻典选定吉日,
为媥西丽婉娜灌顶加冕。

让她做自己的儿媳妇,
媥西丽婉娜从此住进宫里,
媥西丽婉娜当了王子妃,
她做了六万名宫女的首领。

那时还有一位英俊王子,
小伙子名叫术马纳,
他是帕板捧麻典家族中人,
属于六万位帕雅中的一位。

他也住在勐迦湿王城里,
博得帕板捧麻典的喜欢,
他于是将女儿许配给他,
媥安杂提拉做了术马纳妻子。

她做了六万名宫女的首领,
同王嫂的地位不相上下,
她办事精明能干,
王族长辈对她很满意。

佛祖世尊讲完这段故事,
认为故事又告一段落,
应该归纳一下作一小结,
佛祖世尊就对比丘们讲:

"众比丘啊,请听清楚,
当了父亲的帕板捧麻典,
为儿媳嫡西丽婉娜加冕,
她成为阿奴巴纳捧麻典的王妃。

"又为女儿嫡安杂提拉加冕,
她成为术马纳的王妃,
这个故事还没完,
我还要接着往下讲。"

第十二章 帕雅因派仙下凡 帕巴罗降生人间

ဥသာပရွ
傣族英雄史诗
乌莎巴罗

ပိုင် ၁၂ ရျဖတွေ့ဖေရှလ္လိကျို
ကြပါရှိလွိကျိုသိရှုပ္ပ

帕雅因时刻关注着人间,
关注着安宁的勐邦果,
他要看到勐邦果强大,
便下凡去同帕亨达商量。

他先问帕亨达对勐邦果的打算,
再问帕亨达最看好哪一位儿子?
帕亨达爽快地回答帕雅因,
说他最看好二儿子丙比桑。

帕亨达说出选择丙比桑的理由,
认为他德才俱佳是最好人选,
还说当国王要懂得培养后代,
自己要让位退到勐达腊迦享清闲。

帕雅因与帕亨达想法一样,
帕亨达为此便向丙比桑传位,
自己退到勐达腊迦国,
这个勐同属联邦也很重要。

帕雅因对帕亨达大加赞赏,
他还在继续为勐邦果奔忙,
他要为勐邦果长远考虑,
使勐邦果变得更加富强。

他决定安排几位天神,
下凡到勐邦果投胎转世,
去帮助勐邦果发展壮大,
这是帕雅因的心愿。

他找遍忉利天各个地方，
没有找到仙寿将尽的神仙，
他又到夜摩天①去找，
同样没有仙寿将尽的神仙。

他又转到了兜率天②，
在那里找了好长时间，
他找到了三位仙寿将尽的神仙，
他对三位神仙仔细查看。

一位神仙名叫巴拉伽，
年龄已有七千六百万岁，
帕雅因看见他还在修炼，
他是福隆的菩提萨尊者。

另一位神仙名叫苏扎纳提，
年龄已有三千六百万岁，
帕雅因看见他也还在修炼，
但即将结束神仙生涯。

还有一位神仙叫尼拉丢瓦提娜，
她是一位洪福广大的女神，
年龄已有七千二百万岁，
也适合轮回转世到人间。

帕雅因经过详细考察，
对三位神仙非常满意，
他对三位神仙寄予厚望，
就毕恭毕敬地说道：

"三位尊贵的长老，
有一事要同你们商量，
因为你们的仙寿将尽，
到了重新转世的时候。

---

①夜摩天：佛教用语，是欲界六天中第三层天。②兜率天：佛教用语，是欲界六天中第四层天。

"很快就是你们下凡的时刻,
请你们到人间的勐邦果,
投胎到婻迪芭玛丽王后腹中,
去完成你们的重新转世。"

三位神仙听后很高兴,
接受了帕雅因的建议,
三位神仙欣然领命,
帕雅因为此心花怒放。

帕雅因完成了心愿,
准备返回忉利天,
临行前对他们叮嘱一番,
要他们不辱使命。

要他们到人间去积德行善,
要他们到人间去施展才干,
要他们到人间去惩恶济贫,
缔造一个美好的人间天堂。

帕雅因还送给他们五千亿财富,
让他们随身带下凡,
作为勐邦果的立国之本,
用这些财富缔造美好的家园。

领受天王旨意的巴拉伽天神,
眼前立刻显现五种预兆,
显示仙凡交替,
是下凡前的正常现象。

阿如花枯萎凋谢,
蒲团开始褪色,
衣物变得褴褛不堪,
肤色失去光彩。

汗水和污垢从腋下流出,
浑身潮热心里烦躁不安,
这位神仙即将脱离仙界,
他的生命将翻开新的篇章。

巴拉伽天神瞬间仙逝，
离开了兜率天，
下凡来到人间，
投胎到婻迪芭玛丽的腹中。

就在这个时候，
婻迪芭玛丽还在香甜入睡，
她突然做了一个梦，
她梦见天上来了位神王。

神王手里拿着鲜花，
飘飘然下凡到人间，
神仙把鲜花从空中撒下，
撒遍了整个勐邦果。

王后从睡梦中惊醒，
她躺在床上把梦境回想，
天不亮她就摇醒丈夫，
把稀奇梦境告诉丙比桑。

丙比桑听后感到困惑，
为什么会出现这种梦幻？
他立刻传来婆罗门司祭官，
让他们为王后解开谜团。

博识的婆罗门认真推算，
推算结果心里豁然开朗，
算出王后的梦兆后，
高兴地禀告国王：

"尊贵的大君王啊，
幸福吉祥一直伴随您，
灾难和疾病一直远离您，
您是大吉大利的君王。

"王后的梦是美好预兆，
有个神圣的天神已经降临，
投胎到王后的腹中，
将为国家带来幸运。

"英明的大王呀,
您将会得到一位英俊王子,
　王子德才兼备智慧超群,
　王子法力无边武艺高强。"

　　听了婆罗门的解说,
　　　丙比桑高兴万分,
他立即召来一万六千位宫女,
照看怀孕的嫡迪芭玛丽王后。

　　　王后怀胎十月,
　　突然产生一个念头,
　　她想绕着王城看一看,
　她把想法告诉了丙比桑。

　丙比桑听了王后的请求,
深爱妻子的丙比桑忙点头,
　　他立即传来大臣和官员,
　吩咐他们把王城好好装扮。

　他非常担心王后的身体,
　　下达旨意给首辅大臣,
在东门盖了一幢华丽的房子,
　用作王后分娩孩子的产房。

　　　吉祥的日子来到,
　　王后登上华丽的马车,
　　在众多侍从的护卫下,
　　走到王城的东门外面。

　马车顺着王城边右行,
　　开始绕着王城转圈,
　　疼爱妻子的丙比桑,
伴随在嫡迪芭玛丽身边。

绕城环行的嫡迪芭玛丽,
　乘车回到了东门外,
这时她感到身体不适,
　腹中突然一阵阵疼痛。

这可急坏了随行侍女,
一个个急得手忙脚乱,
有的去产房准备物品,
有的搀扶着王后慢行。

一阵响亮的哭声,
回荡在新盖好的产房,
一位杰出的王子,
降生到了人世间。

刚刚降生的男婴哟,
身上散发出阵阵清香,
香气慢慢扩散,
弥漫了整个产房。

香气传遍整个勐邦果,
男女老少全都闻到,
人们都感到很惊奇,
仿佛整个天地变了样。

父亲丙比桑也感到奇怪,
立即派了信使前往勐达腊迦,
禀告父王帕亨达,
述说了男婴的神奇现象。

帕亨达得知孙子出世,
他喜在心里笑在脸上,
对孙子身上的神奇现象,
帕亨达也感到惊奇万分。

此前他已听过禀报,
他联想到儿媳的梦境,
他想肯定同梦境有关,
是一位圣者前来投胎。

他立刻带上随从,
乘坐韦难达昆杂拉神象,
从城中蜂拥而出,
一路不停往前赶。

城中的丙比桑听到禀报,
得知父亲已到达勐邦果,
立即率领大臣和百姓,
把父王迎进自己的王宫。

慈祥的帕亨达君王,
亲自为孙子挑选奶妈,
奶妈要有六十四位,
一个不多也一个不能少。

挑选奶妈要非常讲究,
必须脱离四种罪孽,
个头不高不矮不胖不瘦,
必须相貌清秀漂亮。

让她们来哺育小王子,
一定要把王子照顾好,
日夜都要有奶妈守护,
绝不能有半点闪失。

就在王子刚满月的时候,
庆贺的亲友们纷纷赶来,
聚集在丙比桑的宫殿,
他们给小王子取名巴罗。

就在巴罗出生的这一天,
六万位帕雅家也添新丁,
他们同时生下六万个小男孩,
将来都是巴罗的随从。

丙比桑也为这些孩子挑选奶妈,
而且奶妈的条件同王子的一样,
还吩咐她们好好照顾这些孩子,
确保六万个孩子健康成长。

巴罗出生的消息,
迅速传到天界,
神仙们都带了宝物,
纷纷下凡送给巴罗。

帕那罗延那得知消息,
他的心情特别激动,
带了仙鞋神弓和仙剑,
送给外孙将来防身使用。

梵天神帕摆送来礼物,
他送给巴罗一颗神眼石,
这颗宝石价值连城,
神奇法力无可比拟。

只要含着这颗宝石,
跃上天空到处观看,
不论白天黑夜,
人间的东西看得一清二楚。

梵天神帕巴郎麻埃舜送来礼物,
他送给巴罗一颗宝石,
有了这颗神奇宝石,
你想要什么就会有什么。

如果想要金银财宝,
只要把它抛上天空,
金银财宝就像雨点般落下,
掉落在你指定的地方。

梵天神帕勇麻捧送来礼物,
他也送给巴罗一颗宝石,
这颗神奇的宝石呀,
含在嘴里人就会发生变化。

这种变化跟随你的意念,
丑男人会变英俊,
丑女人会变漂亮,
愚蠢的人会变得聪明。

梵天神帕瓦伦纳送来礼物,
他也带着一颗宝石送给巴罗,
这颗神奇的宝石呀,
会变出许多东西。

只要把宝石往空中一抛，
　　所需要的各种东西，
　　就会从空中落下来，
甚至想要大象它也会跑到你跟前。

　　梵天神毗湿奴送来礼物，
　　他也带着一颗宝石送给巴罗，
　　　　这颗神奇的宝石呀，
　　　　它能帮助人医治病痛。

　　不管是耳聋眼瞎的人，
　　还是患有疑难杂症的病人，
　　　　只要含一下这颗宝石，
　　　　所有疾病都会痊愈。

　　　　老王爷帕亨达，
　　非常喜欢自己的孙子巴罗，
　　总是抱着他不停地亲额头，
　　被孙子弄湿衣衫也乐呵呵。

　　他在勐邦果住了三个月，
　　留给巴罗很多金银财宝，
　　爷爷是留给他长大后送人，
　　这也是当爷爷的一份心意。

　　帕亨达交代完事情之后，
　　　　就向儿子和儿媳告辞，
　　骑上韦难达昆杂拉神象，
　　返回到勐达腊迦王城。

　　听吧，各位男女老少，
　　　　年轻的小伙子和姑娘，
　　阿哥将为你们接着歌唱，
　　歌唱两位神仙下凡的故事。

　　当巴罗刚刚学会走路，
　　　　还在宫殿蹒跚学步时，
　　苏扎纳提天神就开始变化，
　　出现神仙下凡之前的征兆。

他的眼前出现五种现象，
全都是仙寿已尽的征兆，
他随即离开兜率天，
下凡投胎到婻迪芭玛丽腹中。

一天深夜婻迪芭玛丽睡得很香，
她又迷迷糊糊地做了一个美梦，
梦见很多的金银从天而落，
整个勐邦果遍地都是金银。

第二天天刚亮，
婻迪芭玛丽醒来，
就将梦中的情景，
告诉丈夫丙比桑。

听了王后的讲述，
丙比桑又惊又喜，
他立刻传来婆罗门，
告诉了王后的梦境。

智慧的婆罗门又开始忙碌，
他们推算后得知梦境预兆，
婆罗门随即进宫叩拜国王，
他们向丙比桑禀告道：

"神王啊，尊敬的大王，
又一个具备神通法力的天神，
进入王后的腹中投胎，
王后将生下一位英俊王子。"

听了婆罗门的禀告，
丙比桑惊喜交加，
他立刻召来众多宫女，
让她们精心侍候王后。

十月怀胎期限已到，
王后生下一个男孩，
王子出生的时候，
又出现奇怪的现象。

突然有无数的金银珠宝,
纷纷从天上掉落下来,
堆积在小王子身旁,
就像王后的梦境一样。

神奇现象令人惊喜,
让丙比桑高兴万分,
他立刻派出王宫信使,
把消息告诉父王帕亨达。

帕亨达非常高兴,
他立刻带上十万随从,
离开勐达腊迦王城,
迅速赶往勐邦果国。

帕丙比桑得知消息,
带着众官员赶到城门外,
把父亲迎进自己的王宫,
马上抱来儿子给父亲看。

疼爱孙儿的帕亨达,
亲自挑选六十四位奶妈,
让她们哺育幼小的王子,
确保孙子能够健康成长。

挑选奶妈非常讲究,
必须脱离四种罪孽,
身材不高不矮不胖不瘦,
还要相貌清秀美丽。

帕亨达还反复吩咐她们,
一定要把小王子照顾好,
白天夜晚都要有人守护,
绝不允许有半点闪失。

小王子满月的时候,
前来庆贺的亲友们很多,
大家挤满了整个王宫,
他们为王子取名叫昆代。

天界里的神仙亲戚们，
得知昆代出生的消息后，
都带着与送巴罗一样的礼物，
送给二王子昆代做纪念。

给侄孙送礼的神仙长辈不少，
他们是帕那罗延那和帕摆，
还有帕巴郎麻埃舜和毗湿奴，
以及帕勇麻捧和帕瓦伦纳。

就在昆代出生的那天，
也同巴罗出生时一样，
王族的六万位帕雅家里，
同时生下了六万个小男孩。

丙比桑同样选派合适的奶妈，
去照顾这些孩子，
因为他们伴随着王子出生，
是上天配备给王子的随从。

帕亨达非常喜欢自己的孙子，
他一会儿抱起昆代亲亲，
一会儿又抱起巴罗亲亲，
轮换亲热爱不释手。

老王爷在勐邦果住了一段时间，
又给孙子昆代留下礼物，
告别帕雅丙比桑和儿媳妇，
带着随从起程回国。

年幼的昆代天真可爱，
得到宫女们精心照看，
他无病无痛渐渐长大，
学会了走路和游玩。

当昆代刚刚学会走路，
尼拉丢瓦提娜女神开始变化，
出现了五种征兆，
她很快离开了兜率天。

她投胎到婻迪芭玛丽腹中。
婻迪芭玛丽又做了个梦,
王后梦见整个勐邦果呀,
到处都盛开仙界的莲花。

她梦醒后神思恍惚,
还在回味梦中境况,
她叫醒了身边丈夫,
把梦境告诉丙比桑。

听完王后叙述的梦境,
丙比桑疑惑不解,
立刻传来婆罗门司祭官,
让他们为王后解开疑团。

婆罗门聚在一起,
仔细地又算又卦,
得出了梦境预兆,
就向丙比桑禀告:

"尊敬的大王啊,
有一个神圣的女天神,
已投胎在王后腹中,
王后将生下一位公主。"

听了婆罗门的解说,
丙比桑高兴万分,
他立刻传来众多宫女,
让她们好好守护王后。

王后十月怀胎期满,
顺利生下一位女孩,
宫女们来为她接生,
用香水为公主沐浴净身。

小公主出生的那天,
神奇的现象又发生,
小公主身上散发出香气,
传遍整个勐邦果。

同时就像王后的梦境那样,
整个勐都开满了仙莲花,
仙莲花不仅色彩鲜艳,
而且散发出浓郁的芳香。

女儿的出生让丙比桑高兴万分,
神奇的现象让丙比桑无比惊讶,
他立即派出信使去禀报父王,
把好消息告诉父亲帕亨达。

帕亨达听到后更加高兴,
他特别想见一见可爱的孙女,
立即骑上白象带上十万随从,
连夜动身赶往勐邦果王城。

得知父王马上到达王城,
丙比桑带着众臣出城相迎,
到城外把父王迎进王宫,
奶妈将公主抱给王爷看。

丙比桑为小公主挑选奶妈,
数量也同哥哥一样,
奶妈都脱离了四种罪孽,
身材不高不矮不胖不瘦。

挑选奶妈特别注重长相,
要皮肤细嫩没有任何斑点,
丙比桑还特别要求她们,
一定要把小公主照顾好。

帕那罗延那像以往一样,
听到消息后就来送礼品,
他带着仙鞋神弓和仙剑,
送给小公主作护身武器。

仙界的伯父们也都赶来,
有帕摆和帕巴郎麻埃舜,
还有帕勇麻捧和毗湿奴,
帕瓦伦纳也随同到达。

他们都送给侄女宝物，
　　同送给侄儿的宝物一样，
　　这是当伯父的一份爱心，
　　也是王族亲情的温暖。

　　到了小公主满月那天，
　　亲戚们都来到王宫里，
　　聚在一起庆贺小公主满月，
　　给公主取名婻西丽芭都玛。

　　王族里有五百家生女儿，
　　都与公主同日同时出生，
　　国王为公主举行拴线仪式，
　　这五百个女孩也都参加。

　　王族为她们拴线祝福，
　　祝福这些女孩永远平安，
　　没有任何灾害和病痛，
　　长大后还能找到好郎君。

　　帕亨达很溺爱孙子孙女，
　　进王宫后一直喜笑颜开，
　　他一会亲亲两个孙子，
　　一会儿又亲亲小孙女。

　　帕亨达又带来大量金银珠宝，
　　送给他的宝贝孙女留念，
　　表达老人家的一份心意，
　　也是王爷对孙辈的慈爱。

　　三兄妹渐渐长大，
　　哥哥长得英俊潇洒，
　　妹妹长得清秀美丽，
　　在勐邦果出类拔萃。

　　巴罗年满十四岁时，
　　很像神王帕雅因模样，
　　人们说他不像凡人，

具备五美①之人的形象。

他的手臂圆润光滑像金子,
手指和脚趾长短适中,
他的嘴唇又平又薄,
闭起来只见一条线。

黑红色牙齿紧凑密实,
就像无患子②的籽一样,
近看黑里透红,
远看黑光闪亮。

巴罗的头发乌黑闪亮,
顺着耳根和额头下垂,
不粗不细也不太长,
谁见了都觉得很美。

黑色微弯的眉毛,
就像微弯的弓弩,
圆润的脖颈分成三截,
不粗不细非常恰当。

喉结很平不尖不凸,
胸膛很宽腰部粗圆,
他的胯骨朝两边分开,
双腿呈圆形不粗不细。

大腿从上到下很好看,
很均衡地渐渐变细,
肌肉非常结实,
像成熟的芭蕉花一样。

他走动时呈八字形,
步伐稳健身姿潇洒,
像大象行走那样沉稳,
又如猛虎下山那样有力。

---

①五美:即眼美、脖美、唇美、牙美、肢体美。②无患子:俗称"肥皂果",其籽黑里透红,果肉可做肥皂,故而得名。

他说话时面带微笑,
　　声音悦耳动听,
无论男人还是女人,
　　都喜欢与他交往。

三兄妹长得十分相像,
　　身材大小相差无几,
兄妹三人都有共同之处,
　　都具有五美之人形象。

兄妹三人都很懂礼貌,
　　对任何人都彬彬有礼,
兄妹间相敬如宾,
　　兄妹间相亲相爱。

他们常常穿上仙鞋,
　　身上佩带着仙剑,
手握萨哈萨它麻神弓,
　　飞上高空中去玩耍。

他们得到的宝石,
　　都是天上神仙赠送,
都像贝多罗籽一样大,
　　颗颗都神奇无比。

如果将白色宝石含在嘴里,
　　晚上会立刻变成白昼,
而且眼睛会变得明亮,
　　连细小的菜籽也能看清楚。

如果将绿色宝石含在嘴里,
　　脸色瞬间也会发生变化,
人会变得更加美貌动人,
　　如同纯净的翡翠石一样。

如果将黄色宝石含在嘴里,
　　身体顿时会变得非常健康,
精神饱满不会疲倦,
　　任何病痛都能消除。

如果将红色宝石抛向空中,
便会有金银从天而降,
金银之多如同下雨,
手脚再快也捡不完。

如果将紫色宝石抛向空中,
又有另一番奇观,
各种物品纷纷落下,
一辈子也享用不完。

嫡西丽芭都玛有匹神马,
神奇如同魔术一样,
公主只要轻轻呼唤,
神马就会立即飞奔而来。

巴罗和弟妹三人,
非常珍惜宝物,
随时带在身上,
不会让宝物丢失。

佛祖世尊讲完这段故事,
又对以上故事进行小结,
他无比感慨语重心长,
对众比丘和王官们说:

"众比丘啊,
三兄妹都是菩提萨尊者,
三兄妹都长得很相像,
都非常美丽漂亮。"

听吧,各位父老乡亲,
阿哥将为你们继续歌唱,
歌唱帕亨达的故事,
歌唱老王爷的菩萨心肠。

话说慈祥的帕亨达,
非常想念远方的孙儿们,
一段时间不见就心痒痒,
为此他内心独自在想:

"我的三个孙儿女,
相貌都长得很相像,
只要见到其中一个呀,
就等于见到三个人。

"我应该让昆代住在我这里,
这样我就可以减少好多牵挂,
我就不用经常往勐邦果跑,
省去来回奔波的麻烦。"

帕亨达想好之后,
提笔给儿子写信道:
"丙比桑啊,
我心爱的儿子。

"父亲非常想念三个孙儿,
他们的相貌长得一模一样,
只要见到他们中的一个呀,
父亲我就如同见到他们仨。

"所以啊父亲有个想法,
想让昆代孙儿到我这里住,
让他和我一起生活,
时刻陪伴在我的身边。"

信使不敢怠慢,
他们快马加鞭,
星夜奔向勐邦果,
直奔国王的寝宫。

看完父王的信件,
丙比桑对信使道:
"父王喜爱孙儿,
胜过喜爱自己儿子。

"手心手背都是肉,
父王的爱心可以理解,
就由父王去做主吧,
当儿子的肯定答应。

"即使父王想把兄妹三人都要去,
我们也没有什么可说的,
父王想要谁去就让谁去,
我就按照父王意思办。

"父子虽说是两家,
其实无法真正分开,
父子两家合并做一家,
完全是情理之中的事。

"就算宅基不够宽,
也可以把横梁加长,
照样可以把房子盖大,
一家人怎么做都行。"

孝顺的丙比桑,
立刻传来大臣官,
让他们去准备大象,
然后把三兄妹叫来。

他向三兄妹讲明原因,
说王爷很挂念他们,
让他们去陪伴王爷,
免得王爷牵挂伤了身体。

三个孩子都懂事,
他们也惦记爷爷,
他们答应立即起程,
到王爷那里去住。

马匹已经备好,
大象也整装待发,
随从们忙忙碌碌,
把三兄妹扶上大象。

兄妹三人起程,
朝勐达腊迦方向走去,
路上有众多卫兵照顾,
没有发生什么问题。

见到三个孙儿女都来,
帕亨达和王后眉开眼笑,
老夫妻俩高兴得合不拢嘴巴,
抱着孙儿孙女舍不得放下。

他们用最吉祥语言,
为三个孙儿祝福:
"三位孙儿呀,
是爷爷和奶奶的心肝。

"祝愿三位心爱的孙儿,
永远幸福吉祥平安,
祝愿三位心爱的孙儿,
快快长大健康长寿。

"从今以后呀,
没有任何忧和愁,
没有任何疾病和疼痛,
没有任何灾难和忧心。

"愿我的孙儿和孙女,
将来能战胜所有敌人,
征服所有的强霸,
保卫国家不受侵犯。

"愿我的孙儿和孙女,
将来能够威震四方,
一百零一国都归顺,
所有官员都来朝拜。"

高兴万分的帕亨达,
为他三个可爱的孙儿女,
举行了隆重的拴线仪式,
这是傣家人的传统习惯。

拴线仪式上来了很多亲戚,
祝福的人们为三兄妹拴线,
拴上了吉祥的金线银线,
送上了最吉祥的祝愿。

帕亨达还送给孙子孙女，
数万金银珠宝和衣物，
前来祝福的人非常多，
都给帕亨达的孙儿女送礼品。

送礼的亲戚非常多，
有六万位帕雅和众多臣官，
有婆罗门和富商等有钱人，
他们送来许多金银财宝。

他们为三兄妹拴线祝福后，
就把带来的各种礼品送上，
送的金银财物多得数不清，
在王宫大殿里堆放成山。

很多前来祝福的人，
过去没见过三兄妹，
看到兄妹三人都很惊奇，
个个赞叹又感慨。

因为三兄妹都非常俊美，
在以前从来没见过，
个个都无与伦比，
而且长得非常相像。

人们无法分清楚，
哪个是大王子巴罗，
哪个是二王子昆代，
只有三公主不会混淆。

看到人们惊叹的神情，
听到人们对孙儿赞誉，
帕亨达乐开了怀，
他很得意地说道：

"丙比桑啊，
我心爱的儿子，
你看到了没有，
人们都在赞誉三兄妹很美。

"人们都在惊叹三兄妹相似,
这都是血脉相连的见证,
王族的血缘不能掺杂,
王族的江山才能万年长。

"所以呀,父亲要求你,
把昆代留在父亲身边,
父亲看到了孙儿昆代,
就像见到他们三兄妹。"

父王对孙儿的慈爱,
丙比桑暖在心头:
"尊敬的父王和母后啊,
你们的意思我完全理解。

"你们对孙儿的爱,
我们夫妻喜在心头,
要把谁留下我没意见,
我绝对服从父亲安排。"

听到消息的帕摆,
带着一位仙女前来,
他来到了勐达腊迦,
要把仙女许配给昆代。

仙女名叫婻迪芭辛拔丽,
样子长得美丽又端庄,
许配给昆代做妻子,
自然是好事一桩。

帕亨达非常高兴,
向六万位帕雅传令,
让他们即刻做准备,
为昆代和仙女加冕。

婆罗门和富商都赶来,
百姓们也来凑热闹,
他们集中在王宫里,
还挤满了王城内外。

臣官们准备好物品，
长老们也通知到场，
帕亨达一声令下，
灌顶仪式开始。

因为是临时决定，
灌顶仪式比较简单，
为昆代和婻迪芭辛拔丽灌了顶，
为美丽的婻迪芭辛拔丽加了冕。

仪式很快结束，
昆代和仙女结成夫妻，
人们簇拥着夫妻俩，
进入一座七层高的宫殿。

宫殿里镶满了金银宝石，
还有一万六千位宫女陪伴，
宫女们也住进这座宫殿里，
侍候昆代和婻迪芭辛拔丽。

外勐的六十位帕雅，
附属的一百零一勐的帕雅，
还有五岛国的帕雅，
闻讯后纷纷赶来参加。

加冕活动是人生大事，
他们得知后都不敢怠慢，
纷纷带着礼品前来敬献，
献上他们的心意和敬仰。

隆重的加冕仪式结束，
丙比桑决定返回，
他辞别了父王和母后，
还有各位王族的长老。

他带着大王子和公主，
即巴罗和婻西丽芭都玛，
还有众多的随从，
回到勐邦果王城。

回到勐中的丙比桑,
　　对女儿疼爱有加,
他传来大臣和官员,
　　让他们找来能工巧匠。

他要建造一座宫殿,
　　送给婻西丽芭都玛,
宫殿建造得富丽堂皇,
　　还派五百名宫女听她使唤。

宫女每天侍候着婻西丽芭都玛,
　　细心照料公主的生活起居,
还有两百名年轻侍卫,
　　日夜守护着美丽的公主。

第十三章
五岛国自相攻击
勐邦果扩大联邦

ၣသၢၣခႏ
傣族英雄史诗
乌莎巴罗

ᥘᥪᥖᥳ ᥑᥝᥳ ᥑᥣᥰ ᥕᥧᥱᥒᥣᥛᥥᥒᥴᥚᥨᥱᥑᥨᥱᥐᥨᥰᥔᥨᥒᥴᥓᥨᥲ
ᥛᥥᥒᥴᥚᥣᥱᥘᥣᥲᥘᥢᥳᥕᥧᥱᥚᥨᥲᥛᥥᥒᥴᥚᥧᥐᥴ

听吧,男女老少们,
阿哥先回顾上章的故事,
简述帕亨达和他儿子的情况,
再述说岛国勐罗麻怎样打仗。

神圣威严的帕亨达,
具有七头大象的神力,
他和王后治理勐达腊迦,
还协助儿子管辖勐邦果联邦。

帕亨达有六个儿子,
六个儿子治理着六个勐,
六个勐也叫六个国,
六个国都称雄一方。

大王子帕农治理一个勐,
帕农有三头大象的神力,
帕农娶媥谢玛扎娜做王后,
把勐萨满达治理得固若金汤。

帕农也有六个儿子,
长子帕罗的力气非凡,
他有三头大象的神力,
他和王后治理勐尊腊玛尼。

次子帕约也不简单,
他的小名叫甘达来,
他也有三头大象的神力,
和王后治理勐达腊宛帝。

三王子名叫念达辛,
有三头大象的神力,
他和婻先达丽王后很默契,
共同治理勐捧麻宛帝。

四王子名叫索利瓦,
也有三头大象的神力,
他和王后共理朝政,
夫妻一块治理勐帕版。

五王子名叫加拉韦扎,
也有三头大象的神力,
他和婻丙罕王后一起,
治理勐计极塔拉宛帝。

六王子名叫阿皮伦,
也有三头大象的神力,
他和婻苏婉娜王后很和谐,
共同治理勐阿毗宰牙宛帝。

帕亨达次子名叫丙比桑,
有三头大象的神力,
同婻迪芭玛丽王后一起,
共同治理勐邦果联邦。

他们育有两子一女,
都是菩提萨尊者,
长子名叫巴罗,
次子名叫昆代。

老三是个漂亮的公主,
名叫婻西丽芭都玛,
公主虽说是个女儿身,
力气和武艺却不让须眉。

三兄妹都长得很可爱,
经常令爷爷牵肠挂肚,
因爷爷住在勐达腊迦,
同孙儿女见面不方便。

为此爷爷让昆代陪他住,
可以享受天伦之乐,
西丽芭都玛和巴罗则留在家,
随父母住在勐邦果王城里。

帕亨达的三子叫纳林答,
有三头大象的神力,
他和嫡晚纳王后一块,
共同治理勐故萨宛帝。

他们生有三个儿子,
长子名叫萨哈嘎帝,
有三头大象的神力,
治理勐塔蹋腊它宛帝。

次子名叫济达奴帕,
有三头大象的神力,
娶嫡般吉尼提为妻,
共同治理勐阿林答捧麻。

三儿子名叫萨帕丢瓦,
有三头大象的神力,
他和嫡薛玛婚后很和睦,
共同治理勐韦沙宛帝。

帕亨达的四王子名叫布塔,
有三头大象的神力,
他娶嫡韦尊腊做王后,
共同治理勐田亚宛帝。

布塔有一个女儿,
名叫嫡杰西妮,
长大后也已出嫁,
丈夫名叫萨哈嘎帝。

帕亨达的五王子名叫坦麻,
有三头大象的神力,
他娶嫡韦沙哈做王后,
共同治理勐捧麻宛帝。

坦麻也有一个女儿,
名叫婻般吉尼提,
长大后也已出嫁,
丈夫名叫济达奴帕。

帕亨达的六王子名叫桑卡,
有三头大象的神力,
他娶婻温麻典蒂做王后,
共同治理勐韦沙腊宛帝。

桑卡也有一个女儿,
名叫婻薛玛,
她长大后也已出嫁,
丈夫名叫萨帕丢瓦。

勐邦果联邦共有二十个大勐,
都以勐乌达腊般为首,
第一个是勐乌达腊般,
第二个是勐先达兰。

第三个是勐捧麻宛帝,
第四个是勐达腊迦,
第五个是勐达腊宛帝,
第六个是勐兴罕宛帝。

第七个是勐阿林答捧麻,
第八个是勐黑麻宛帝,
第九个是勐甘那宛帝,
第十个是勐本多宛帝。

第十一个是勐扎林达宛帝,
第十二个是勐塔纳瓦塔地,
第十三个是勐金达宛帝,
第十四个是勐涅密拉宛帝。

第十五个是勐腊达那巴帝,
第十六个是勐松潘宛帝,
第十七个是勐竺拉尼,
第十八个是勐韦沙腊宛帝。

　　　　第十九个是勐滇达,
第二十个是勐阿毗宰亚宛帝,
　　由这二十个勐组成的联邦,
　　统称为勐邦果摩诃拉扎塔尼。

　　　　勐乌达腊般位置显赫,
　　是勐邦果联邦的中心勐,
　　帕亨达对它非常重视,
　　叮嘱丙比桑重点管辖。

　　如果勐乌达腊般君王变故,
　　　　比如因年寿终了而去世,
就从二十个大勐中挑选继位人选,
　　　　作为勐乌达腊般新帕雅。

这是自古传下来的习俗规矩,
不管传到哪一代都不能违反,
　　正因为勐乌达腊般重要,
　　　　所以把它排在第一位。

　　　　听吧,各位听众,
　　讲完帕亨达家族故事,
　　阿哥再接着为你们歌唱,
讲附属于勐邦果的五个岛国。

　　　这五个岛国也非同小可,
　　分别叫昂古拉岛和罗麻岛,
　　　　基利岛和些腊岛,
　　　还有一个叫细点达岛。

　　它们四面都被海洋包围,
为何都会成为勐邦果盟邦?
　　请你们仔细听阿哥歌唱,
我自会把来龙去脉说端详。

　　　　传说很久很久以前,
　　　　勐乌达腊般的国王,
　　他的名字叫帕雅扎那伽,
其实也是勐邦果联邦大君王。

那时帕雅扎那伽治理着勐邦果,
五个岛国中有四个同勐邦果没来往,
四个岛国全是独立的国度,
四个岛国的事务自己管。

在遥远的岛国细点达,
有一个偏僻的小村庄,
住着一位有高超法力的美丽女子,
名字叫婻拉扎提娜。

细点达岛国战胜不少国家,
领土不断扩张,
它是勐邦果的盟邦,
这个国家的主人是细点达王。

那时的细点达国王,
发现了这位美丽的姑娘,
这位姑娘不是王族的女儿,
她是平民百姓出身贫寒。

这位女子很有学问,
在民众中有点名望,
她知书达理懂礼貌,
善于交际谙熟官场。

她能耕能织样样能做,
她的容貌像十五的月亮,
她出身普通却胸怀大志,
她的言谈举止落落大方。

她像鲜花一样吸引着蝴蝶,
小伙子们为之痴狂,
小伙子们为她神魂颠倒,
所有男人向她投去爱慕目光。

王族非常喜欢这个女孩,
认为她有富贵模样,
国王于是认她做养女,
她从此变成王族的姑娘。

国王对她非常宠爱,
还给她盖了塔楼做住房,
塔楼美观大方又舒适,
她从此平步青云扶摇直上。

国王不仅给她高贵的待遇,
还为她配了五百名宫女听使唤,
她享有国王亲生女儿一样待遇,
老百姓对她也刮目相看。

婻拉扎提娜做了公主以后,
遵守王家的礼仪和规范,
她为人处世小心谨慎,
按王家规矩同宾客交往。

芒果树已开了十六次花,
姑娘也进入十六岁年华,
这时有个罗麻岛国的王子,
正好同姑娘年龄一样大。

他叫苏塔拉扎布,
他正在到处物色王妃人选,
婻拉扎提娜的名气如春风,
传到了罗麻岛国王的耳朵旁。

他得知婻拉扎提娜的美貌,
她的身材丰满如鱼儿一般,
天底下再也找不到第二个,
她堪称国色天香举世无双。

国王于是派出手下大臣,
到细点达岛国提亲联姻,
大臣走进细点达岛王宫,
把来意禀报细点达国王。

他们按照古老的规矩,
先听取国王对婚事的意见,
又问公主是否愿做王子妃,
再把带来的聘礼送上。

第十三章

罗麻岛国特使办事妥当,
国王觉得这门亲事理想,
公主说遵从父母之意,
满口答应没让国王为难。

她答应去罗麻岛国当王子妃,
很快就要起程离开故乡,
临行前她向父母行跪合十礼,
依依不舍倾诉衷肠:

"恩重如山的父王母后啊,
你俩是我最亲最亲的爹娘,
从今以后女儿将离开你们,
请你们珍重自爱保安康。"

她边诉说边流着眼泪,
令父王母后也很伤感,
虽说公主不是亲生女,
却令他俩牵心肠。

婻拉扎提娜流着眼泪告别父母,
怀着难舍难分的心情去当新娘,
父王母后按照傣家人的习惯,
为她拴线饯行出嫁远方。

国王送给她很多贵重物品,
有珍珠玛瑙和衣物做嫁妆,
还举行隆重的欢送仪式,
让她骑坐披红带彩金鞍大象。

来人带着婻拉扎提娜姑娘,
一块告别细点达国王,
他们起程返回罗麻岛,
一路顺利无阻挡。

当公主进入罗麻岛国王城,
王子高兴得脸上发光,
公主的美貌令他惊讶,
公主的风姿使他发狂。

两个年轻人一见钟情,
两个年轻人相见恨晚,
两颗爱恋的心啊,
如干柴遇火一碰就燃。

两个年轻人一起走进王宫,
一起走进富丽堂皇的殿堂,
一起向父王母后行合十礼,
请求父母同意他俩结对成双。

国王和王后见到美丽的儿媳,
满脸堆笑说不出心里多欢喜,
他们觉得两人是天生的一对,
是前世的缘分今生结成夫妻。

国王立即召集大臣和头人,
为新郎新娘举行拴线典礼,
仪式隆重又热烈,
大家把他俩送进洞房。

他俩像一对金色的龙凤,
比翼双飞幸福翱翔,
他俩的结合令世人羡慕,
美满婚姻在罗麻岛传扬。

婻拉扎提娜成亲后,
体贴丈夫温柔善良,
她对公婆十分孝顺,
举国上下交口称赞。

罗麻岛国的所有臣民,
把他俩的故事编成歌儿传唱,
赞美他们是天生一对,
赞美公主是天下最好姑娘。

可是世事复杂并不简单,
如同六月气候瞬息变幻,
好端端的一个新婚女子,
被突如其来的谣言中伤。

一伙老观念的人在作怪，
一股阴风吹进新婚洞房，
说什么罗麻岛国王瞎了眼，
错把黑乌鸦当成金凤凰。

说什么破坏了王族祖辈规矩，
不娶王家闺女专找平民姑娘，
说喃拉扎提娜癞蛤蟆想吃天鹅肉，
一个穷女子变成一只金凤凰。

还说什么把别国的佣人当王子妃，
请进了王家宫殿实在太不像样，
又说细点达王拿女佣充当公主，
有意欺骗罗麻岛国居心不良。

老辈人也站出来凑热闹，
说王子只能找王族姑娘，
人一生下来就有贵贱之分，
穷人的孩子只配住竹楼上。

王族人不能破坏规矩，
龙凤相配才顺理成章，
平民的女子不能当王妃，
违反规矩祖宗脸上无光。

闲言碎语传到细点达岛国，
气得细点达国王火冒三丈，
他不得不站出来说公道话，
说明女儿是有名分的姑娘。

"那些话完全没有道理，
爱管闲事的人在瞎扯淡，
你们知道什么是王族规矩，
你们谁认识喃拉扎提娜姑娘？

"喃拉扎提娜是本王的养女，
她是个优秀的姑娘，
不信你们去问勐邦果老国王，
王族世家没有半点伪装。"

国王为了维护自己养女，
　把媏拉扎提娜身世广为传扬，
　　　他向全国各地发布文告，
　把自己的王家族谱贴遍城乡。

　　"我的女儿媏拉扎提娜公主，
　　　原本是平民百姓的姑娘，
　自从她成了细点达岛国王养女，
　　　她的身份就完全变了样。

　　"细点达王很喜爱自己的养女，
　　把她当做自己的亲骨肉一样，
　　结婚前他们没有隐瞒这一点，
　　　　光明磊落是大国风范。

　　"媏拉扎提娜公主出嫁的时候，
　　细点达岛国王给了不少嫁妆，
　　　　还配给她五百名宫女，
　她在家时还有一幢气派的楼房。

　　　"像这样高规格待遇的人，
　　　哪个穷人家姑娘够得上？
　　请问哪位平民有这样的身价，
　　　天底下哪有这样子的穷要饭？

　　"再说她本人的学问和涵养，
　　完全是一个富贵家庭的姑娘，
　她以前虽为平民但超凡脱俗，
　　凭她的品质就配当王妃娘娘。

　　　"她做罗麻岛国的王子妃，
　　　名正言顺怎能说配不上？
　　局外人无须对她品头论足，
　　更不该对她用歧视的目光。

　　　　"她是个善良的女子，
　天下哪里找个女子能像她这样，
　就算是王族女儿谁能与她相比，
　谁能像她一样聪明美丽又能干？"

国王是非清楚义正词严,
编造胡言的人上门表示道歉,
那些有意捣乱的人终于收敛,
婻拉扎提娜公主名声更加响亮。

王子对丈人的态度深表谢意,
他庆幸美满婚姻没有被拆散,
他表示一辈子孝敬岳父岳母,
感激送给他这样贤淑的姑娘。

王子接着又向自己父王求情,
他认为问题症结在罗麻岛这方,
他要向父王表明自己的态度,
他要用决心和诚意去感动父王。

"我终身只娶婻拉扎提娜为妻,
我同她永生永世不分离,
我俩要厮守到老心不变,
我俩死后还要一道升天堂。

"儿对婚姻大事绝不三心二意,
我永远不会去娶别的姑娘为妻,
她是我心目中最完美的女人,
请尊贵的父王尊重孩儿的心意。

"如果父王嫌弃我的爱妻,
我将离开这个家远走他乡,
我宁愿自己承受天大压力,
也不让爱妻被人说短说长。

"尊贵的父王啊,
你的恩情孩儿永不忘,
你把儿养大成人恩重如山,
儿因此对你更加敬仰。

"我俩结为夫妻是前世缘分,
姻缘这东西谁也割不断,
我已经不是三岁小孩子,
我也有自己的感情和思想。

"不会像一些人翻来覆去,
娶了老婆又想着其他姑娘,
有的人会抛弃自己的妻子,
我对妻子的感情地久天长。

"找老婆不像三餐吃饭,
每顿都要菜肴好几盘,
尝了这道菜又尝那道菜,
每顿的菜色都要变花样。

"我不愿意再做太多的比方,
我对媥拉扎提娜的爱永不变样,
别说她是一个平民百姓女儿,
就算她真是个穷要饭也无妨。

"媥拉扎提娜既是父王的儿媳,
她就是父王的亲生姑娘,
而今木已成舟不可再改变,
请父王不要受外人的影响。

"不要听信那些闲言碎语,
也不必去管那些老规矩,
特别是那些门第的习俗,
为此而生气不利身心健康。"

罗麻岛国王是个老顽固,
听了王儿的话怒火中烧,
他暴跳如雷训斥王儿,
他振振有词语气激昂:

"王儿啊你别忘记自己的身份,
别人在后面说三道四你应听见,
我这个国王的面子已被你丢尽,
我希望你能仔细为父王着想。

"我这个国王堂堂皇皇,
怎容得别人在背后中伤,
人们说我有个平民儿媳,
这有损于父王的威望。

"你这个王儿真不懂事,
这只能怪我教子无方,
你不懂得王族的规矩,
再这样下去王家脸面无光。"

站在一旁的王儿不吭声,
他不敢与父王直接对抗,
他不同意父亲观点,
他在内心琢磨自己下一步去向。

他准备带着妻子跑到外勐,
他绝不抛弃婻拉扎提娜姑娘,
他把心事告诉心爱的妻子,
妻子却不同意丈夫出走他乡。

"妹妹头顶上的夫君啊,
出走之事请夫君不要想,
俗话说有国才会有家,
好比有大象才有金象牙一样。

"这个道理夫君比我更懂,
不用妹妹多嘴多舌说三道四,
细点达岛是个泱泱大国,
是有二十个小国加盟的大地盘。

"我们可以到细点达岛安家,
不必同父王正面对抗,
那里有妹妹的父老乡亲,
那里是妹妹的温暖故乡。

"再说咱们的大靠山勐邦果,
它是个大国名扬四方,
有一百零一国盟邦,
我俩到那里居住也很理想。

"不过我有个小小的要求,
请哥哥不要把妹妹遗忘,
不要因为与父王不和,
就离家出走去当腊西。

"即便父王生气把你赶走,
也不用担心没立足地方,
你同妹妹一道返回娘家,
也许比现在心情更舒畅。

"我们可以耐心等一等,
看看父王能否回心转意,
他如果真要赶我们走的话,
到那时我们再拿主意也不晚。

"妹妹细细想一想,
父王不至于杀死我俩,
如果父王真要那样做,
妹妹我也不会袖手旁观。

"我不会轻易让丈夫死去,
我身上还揣着护身宝石,
这颗珍贵的宝石有神力,
可以保护我们夫妻的平安。

"现在哥与妹在一起,
不必顾虑不必忧伤,
这颗护身的宝石呀,
我随时都带在身上。

"请哥哥不要暴露这个秘密,
千万别同父王和其他人讲,
先让父王自己去觉悟,
我们只管当成没事一样。

"我想父王有一天会想通,
有福气的人不会那样,
俗话说善有善报恶有恶报,
善良的人一定会有好报。"

王子听了妻子一席话,
心中无比高兴豁然开朗,
得知妻子有护身宝石,
他不再忧虑心胸更宽。

他们夫妻像往常一样,
平静地等待事情变化,
他们不去向父王求情,
既不着急也不惊慌。

不料罗麻岛王突然发布命令,
亲自坐镇调兵遣将,
他认为娶了个平民儿媳受侮辱,
决定同细点达岛打一场大仗。

他不仅调集了国内兵马,
还要三个岛国的盟友参战,
他把各路军队调集码头,
兵力总共超过七千万。

后来他觉得兵力太少,
又增加到八千万,
他还集结五百艘大船,
规模宏大势不可当。

这些行动嫡拉扎提娜看得清楚,
她意识到这样下去很不妙,
她悄悄写了一封鸡毛信,
要及早通报细点达岛国王。

她写好信后吹上仙气,
并念上几句神奇的咒语,
这些法术为养父所教,
聪明的嫡拉扎提娜已掌握。

信件随风飞到细点达岛,
飞进了她父王的王宫殿堂,
细点达岛王接到女儿书信,
得知罗麻岛的情况。

"请父王不必太着急,
女儿和女婿早有戒备不必惊慌,
女儿相信正义在我们一边,
侵犯者必定失败没有好下场。

"我们想来个里应外合,
打破罗麻岛国的侵略梦想,
胜利一定属于细点达岛国,
请父王召集兵马准备迎战。"

国王看了婻拉扎提娜书信,
写了一封快信给姑娘,
风儿将快信送到女儿处,
把国王想法送到女儿身旁。

"你们不要阻止敌人进攻,
让他们向细点达岛进犯,
让他们的行为形成事实,
到时我们的反击就理由正当。"

罗麻岛王亲自带领战船,
向细点达岛海岸发动海战,
矛头直指细点达岛王城中心,
队伍庞大浩浩荡荡。

经过十六天的远洋航行,
终于到达细点达岛海岸,
他们包围细点达岛所有港口,
一场大规模的战争终于打响。

细点达岛早有准备,
他们部署军队做了防范,
细点达岛兵力达一亿傣兵,
把岛国防守得如铁桶一般。

细点达岛原来就兵强马壮,
勐邦果的援军还没有用上,
只用了细点达岛的部分兵力,
尚有八百万军队未投入战场。

参加抵抗入侵的这一方,
共有二十八个盟国的兵将,
他们把敌人引入预定的地方,
双方展开面对面的肉搏战。

当时海上狂风大作,
大风掀起万丈海浪,
侵略者掉进海里无以计数,
全变成了大鲨鱼的美餐。

罗麻岛王看着势头不妙,
发现对方的兵马比自己强大,
眼看自己兵马被围剿,
罗麻岛王吓出了一身冷汗。

细点达岛军队越战越勇,
射出的神箭轰鸣巨响,
细点达岛王那把利剑,
挥动起来令敌军心惊胆战。

神箭巨响惊天动地,
利剑挥舞寒光闪闪,
细点达岛不断发起冲锋,
罗麻岛军队溃不成军。

巨大的轰鸣震动海洋,
在海上掀起了滔天巨浪,
罗麻岛军抵挡不住,
纷纷跳下战船落海逃命。

大批敌军掉进大海,
海里的鲨鱼张开大口,
狠狠吞食落海的敌人,
成群鲨鱼在大会餐。

罗麻岛军无论怎样拼命,
都无法继续顽抗,
四岛国的兵力消耗极大,
他们只好调转战船逃窜。

敌军调转船头刚要逃窜,
不料狂风吹来阻挡退路,
罗麻岛国军队被团团围住,
一下就乱了阵脚。

细点达岛军乘势冲了上去，
罗麻岛军只好承认失败，
军队缴械做了俘虏，
罗麻岛王签字投降。

罗麻岛国的大将扛上白旗，
士兵跟在后面成了残兵败将，
他们被带到细点达岛国，
关押进大牢终日不见阳光。

细点达岛王按照规矩，
对入侵败军训话，
他义正词严讲明道理，
痛斥他们的行为是强盗勾当：

"现在你们四国将领听着，
你们都不明真相受骗上当，
你们听了罗麻岛王的鬼话，
充当了冤鬼连老命也给赔上。

"你们发动的是侵略战争，
你们注定要失败，
现在活着的算是幸运，
否则掉进海里更悲惨。

"这次失败的所有责任，
全由罗麻岛王一人承担，
他是这次战争的罪魁祸首，
与各位将领没有相干。

"我们的婻拉扎提娜姑娘，
知书达理正直善良，
我细点达岛王把她当亲生女，
她同王族的后代没有两样。

"你们罗麻岛王骄横成性，
平时喜欢玩弄鬼花样，
分明是他自己先来提亲，
却出尔反尔说受骗上当。

"你们嫌她出身低微,
不知你们这话怎讲?
你们提亲我们才把姑娘嫁过去,
如今倒打一耙造谣中伤。

"如果你们嫌弃她就让她回来,
我们对婻拉扎提娜照样喜欢,
你们不必借题发挥大动干戈,
你们的行为真是不可思议。

"天下人都知道,
大象牙珍贵一眼能看到,
大福之人非常珍贵,
可惜福薄的人要识别就比较困难。

"一个人不要自以为是,
过分抬高自己就是不自量,
狂妄自大的人,
最后失败了后悔已经太晚。"

四国入侵军首领像缩头乌龟,
洗耳恭听细点达岛王的训话,
明白了事情的来龙去脉,
纷纷表示认罪后悔上当:

"细点达王的话令我等茅塞顿开,
我等行为违反傣家的规范,
现在罗麻岛王已经知道有罪,
请细点达王开恩让我等生还。"

胜者为王败者为寇,
罗麻岛王成为脱毛凤凰,
他不再像来时那样骄横,
他摆出一副可怜相:

"我知道自己做错了事,
从今以后我一定悔改,
你们怎么说我怎么做,
敬请亲家王予以原谅。

"我一定听从大王的教诲,
永远不与细点达岛对抗,
我们罗麻岛国等申请加盟,
在大王的管辖下成为友好盟邦。"

细点达岛王根据情况,
同意接收四国加入盟邦,
他们签订了盟约,
刻写在一块大石碑上。

条约标明入盟的时间,
明确以细点达岛国王为盟主,
标明盟国的所有办事规矩,
规定每年向盟主缴纳盟费。

大石碑总共制作了五块,
分发给四个岛国的国王,
细点达岛自己留下一块,
四国首领扛着石碑各回家乡。

罗麻岛王回去后安分守己,
不久就退位让儿子当国王,
王子和王妃共同管理国家,
老国王退下来安度晚年。

退位时他忏悔自己过错,
请王儿和儿媳给予原谅,
他的态度非常诚恳,
再也不像当年那样嚣张。

"过去父王有严重过失,
希望你俩别往心里想,
不要再怨恨你的父王,
不要纠缠过去的旧账。

"过去的父王有过错,
在于听信别人的谗言,
经不住别人的挑拨离间,
最后落得惨败后悔已晚。"

婻拉扎提娜姑娘心地善良，
她对父亲的过失完全原谅，
她请求父王爱护小辈，
自己家的事情好商量。

王子登基继承了王位，
共延续一百四十个朝代，
细点达王的故事啊，
写在经书上世代流传。

也就是从那时候开始，
四岛国归顺了勐邦果，
一直延续到帕亨达国王时代，
至今已有四百一十六代。

二十一个大勐归入勐邦果，
一百零一个勐属勐邦果管辖，
各勐国王由帕亨达儿孙担任，
年年进贡从来都是这样。

佛祖世尊讲完这段故事，
又对众比丘和释迦族讲：
"众比丘啊，
这个故事实在太久远。

"那四个岛国归顺勐邦果，
是帕雅扎那伽时代的事，
一直延续到帕亨达继位，
已经有四百一十六代了。"